KB057710

매일같이
명심보감

매일같이 명심보감

윤채근 지음

내가 소멸하고도

지구에서 조금 더 살아갈

무열에게

작가의 말

아들이 태어나 품에 안긴 순간을 잊지 못한다. 그 의미를 깨닫기까지 한참의 시간이 더 필요했으나 그 순간이 무언가를 바꾸리라는 확신이 들었다. 미미하고 작아 보이지만 점점 커질, 세상 모든 부모가 목울대 아래 가시처럼 아프게 다스리고 살아야 할 무거운 비밀, 도려낼수록 저만 고통스러울 환부. 그 순간을.

『매일같이 명심보감』의 연재 청탁이 왔을 때, 한 치의 망설임 없이 승낙했다. 미로처럼 혼란스러운 인생을 헤쳐나갈 젊은이들에게, 아들에게 말 건넬 유일한 수단이었다. 미욱하여 심란했던 지난날 나의 삶을 해부용 표본으로 삼아 그들의 시행착오를 줄여주고 싶었다. 그러니 책 속에 등장하는 어리석은 인격들은 모두 나의 자화상인 셈.

2015년 4월

윤채근

차 례

1장

진進,
세상을 향하여

2장

퇴退,
거두어들이는 지혜

3장

친親, 가까움의 미학

4장

교交,
남과의 어울림

5장

화和, 슬기로운 모듬살이

1장

진進, 세상을 향하여

1

욕하는 상대에게 웃어야 할 때

『장자』「산목편山木篇」에는 분노에 관한 재미있는 해석이 나온다. 이른바 빈 배 이론으로 알려진 허주虛舟 고사다. 배로 강을 건너다 다른 배와 부딪치면 화내지 않을 이 드물 테지만 밀려와 부딪친 배에 사람이 타고 있지 않으면 누구도 성내지 않을 것이다. 빈 배에 화내는 건 바보나 할 짓이다. 인생이란 강을 헤쳐나갈 때도 마찬가지다. 내가 탄 배에 내가 없다면, 나를 싹 지워버렸다면 다른 배와 충돌해 다툴 일이 없다.

자아를 텅 비워 타인과의 갈등의 소지를 없애려는 달관의 인생태도는 선불교에서도 종종 등장한다. 근대 일본의 대표적 의승醫僧이었던 하라 탄잔原 坦山 이야기가 유명하다. 탄잔이 다른 승려와 한 개울가에 이르렀을 때 어떤 처녀가 불어난 물을 건너지 못해 발을 동동 구르고 있었다. 탄잔이 선뜻 처녀를 들쳐업고 개울을 건너주었다. 한참을 함께 걷던 다른 승려가 탄잔에게 어찌 승려 신분으로 처녀를 업을 수 있었느냐 힐난했다. 그러자 탄잔이 말했다.

"이보게, 난 이미 처녀를 내려놨네만, 자네는 아직 안고 있었나?"

흔히 한국의 경허鏡虛 스님 고사로 잘못 알려져 있는 일화다. 처녀를 붙잡아두려는 마음의 집착이 없다면 처녀는 이미 내 삶에서 떠난 것이다. 탄잔의 마음은 마치 텅 빈 배처럼 처녀를 실어 건너편에 내려주고 도로 비어버렸다. 그 안에 처녀는 없었다. 처녀를 마음에 간직하고 괴로워한 건 다른 승려였다. 그는 집착의 마음으로 그녀를 자기 안에 옭아맨 채 고통스러워했다. 그는 탄잔을 질투하여 화가 나 있었다. 허나 탄잔의 마음속에 그녀는 이미 없었고 그는 그저 고요한 빈 배로 세상을 떠돌고 있었을 따름이었다.

〔원문〕

我若被人罵(아약피인매), 佯聾不分說(양농불분설), 譬如火燒空(비여화소공), 不救自然滅(불구자연멸), 鎭火亦如是(진화역여시), 有物遭他熱(유물조타열), 我心等虛空(아심등허공), 摠爾飜脣舌(총이번순설).

「戒性篇(계성편)」

〔번역문〕

내가 만약 남에게 욕을 먹는다면, 귀먹은 척하며 따지지 말자. 공기를 태우는 불길에 비유해보면, 애써 끄려 하지 않아도 저절로 꺼지는 것과 같나니, 화 가라앉히는 법이 또한 이러하여, 탈 물건 남아 있다면 다른 불길과 만나게 되리. 내 마음이 허공과 같아질 때, 이 모든 일 입술과 혀 놀리는 짓이 될 뿐.

누군가 자기에게 욕을 한다면 발끈하지 않을 사람은 없다. 얼마나 참을 수 있느냐가 유일한 관건이다. 그때 끝까지 참을 수 있을까? 말은 행동과 달리 당장 내 목숨에 위해를 가하진 않는다. 조금만 더 참다보면 별일 아닐 수도 있을 텐데, 한순간의 격정을 이기지 못해 사소한 말싸움이 끔찍한 다툼으로 비화된다. 이 과정을 초기에 차단할 순 없을까?

인용문에서는 상대가 욕을 하면 이를 못 알아듣는 귀머거리처럼 행동하라고 권한다. 상대의 분노와 모욕이 처음엔 불같이 드셀지 모르지만 귀를 막고 무시하다보면 마치 공기를 다 태우고 저절로 꺼지는 불길처럼 마침내 잦아들 것이다. 공기를 태우는 불길은 땔감이 없는 한 그리 오래가지 못한다. 욕먹는 내 마음을 공기로 만들어야 한다! 마음을 텅 빈 공간으로 만들면 불은 찾아들었다가도 이내 풀이 죽어 소멸한다.

화내고 있는 사람에게 말이나 행동으로 대응하는 것은 거세게 타오르는 불길 속에 땔감을 던져넣는 것과 같다. 욕에 맞서려는 나의 말들은 성내는 자들에겐 요긴한 불쏘시개가 된다. 그들은 더욱 치열하게 분노하며 화를 키워갈 것이며 그에 대한 나의 대응도 더 강해지지 않을 수 없을 것이다. 욕하며 성내는 상대방에게 같은 방식으로 대항하는 것은 결국 상대방으로부터 시작된 불길을 내 몸에 옮겨붙이는 어리석은 행위에 지나지 않는다.

그리하여 마음을 텅 빈 공간으로 비워두면 불은 공기만을 태우고 빨리 진화된다. 허공으로 변한 내 마음의 관점에선 욕하는 상대방의 목소리는 전혀 들려오지 않는다. 묵음으로 처리된 텔레비전 화면처럼 상대방의 입술과 혀만 바삐 움직이고 있을 뿐이다. 무성영화 주인공이 자막 없이 떠드는 꼴이란 얼마나 우스운가! 그럴 때 우리는 우리를 욕하는 사람을 향해 부드럽게 웃을 수 있다.

2

신중하거나
과감해지려 할 때

한의학에서는 인체를 유기적 전체로 두고 어느 한 기관이 다른 기관들과 다양하게 연결되어 있다고 본다. 때문에 신장에 병이 생기면 신장만 다스리지 않고 이 기관과 연관된 다른 장기들에 대한 치료도 병행한다. 오장육부로 구성된 이러한 인체의 기능적 연결망은 한나라 때 음양오행 사상으로 집대성된 바 있다. 여태껏 한의학 교재로 사용되고 있는 『황제내경黃帝內經』이 대표적이다.

한의학의 유기론적 신체 이론은 체질론으로 발전하여 인간의 성정마저 체질로 설명하게 되는데, 이를 심신상응心身相應의 관점이라 한다. 이에 따르면 한 사람의 성격을 이루는 인격적 특성들은 신체의 기질적 요인들에 좌우된다. 당연히 몸의 체질을 구성하는 기능과 작용을 변형시키면 인간의 품성도 변화시킬 수 있다. 이를테면 겁많고 소심한 성격은 간이나 쓸개에 그 원인이 있을지도 모른다. 반대로 사람의 품성을 조절하여 장기에 대한 치료 효과를 높일 수도 있다. 이를테면 울컥 화를 잘 내는 사람을 수양을 통해 진정시킬 수 있다면 그 사람의 심장에 생긴 이상 증상을 누그러뜨리는 데 도움이 된다.

이러한 심신상응 혹은 심신상보心身相補의 관점에 윤리적 차원을 덧보탠 건 송나라 사람들이다. 송나라 때 등장한 성리학은 청나라 말까지 발전을 거듭하며 다양한 영역에 적용되어갔다. 특히 의술과 결합한 성리학 이론은 몸과 마음의 상보적 관계를 중시, 질병 퇴치를 위한 인격 수양의 중요성을 부각시켰다. 이런 일에 종사한 유가 지식인들을 유의儒醫라 부른다. 유가이면서 의술에 종사한 의원이라는 뜻이다.

유의들은 육체적 이상 증상들의 배후에 심리적 불안감, 도덕적 죄의식, 허황된 욕망, 이기적 자폐성 등이 숨어 있음을 간파했다. 따라서 몸에 생긴 이상 증상을 대증적對症的으로 치료하기보다 환자의 윤리적 안정을 도모하여 병증에 대응하고자 했다. 바이러스나 세균 등 외부 환경의 직접적 침입에 의한 질병을 제외하면 인류 질병의 상당 부분은 심인성이다. 아니, 외부 환경에 의한 질병조차도 기실 마음의 붕괴에 따른 면역 체계의 교란을 주원인으로 지목하는 경우도 있다. 이처럼 몸과 함께 마음을 들여다보려는 동양 의학의 전통은 송나라 이전부터 면면히 이어져온 심신상응 관념에 기원하고 있다.

〔원문〕

孫思邈曰(손사막왈), "膽欲大而心欲小(담욕대이심욕소), 知欲圓而行欲方(지욕원이행욕방)."

「存心篇(존심편)」

〔번역문〕

손사막이 말했다. "담력이 커지려고 하면 마음은 작아지려 해야 하고, 앎이 원만하려 하면 행동은 모나지려 해야 한다."

손사막은 당나라의 명의로서 편작扁鵲, 화타華陀와 더불어 중국의학사를 빛낸 삼대 의성醫聖 가운데 한 명이다. 뛰어난 의술을 지녔음에도 벼슬에 뜻을 두지 않고 가난한 서민들을 두루 치료해 대중적 명망을 쌓았다. 이론에만 매몰되지 않기 위해 산야를 답사한 그는 새로운 약재를 다수 개발했고 그 약성藥性을 널리 알리는 데에도 지대한 공을 세웠다. 이 때문에 손사막은 사후에 약성藥聖으로 추앙받기도 했다. 우리가 상식으로 알고 먹는 많은 약재와 탕약이 그의 손에 의해 제조법이 완성된 것들이다.

손사막이 남긴 대표저서 『천금방千金方』은 임상의학서의 효시를 이뤘다는 평가를 받는다. 이 방대한 저술은 고증에 꼼꼼하고 약리에 해박한 그의 특징이 유감없이 발휘된 불후의 업적이다. 다만 유가와 도가, 심지어 불가 경전에도 밝았던 종합지식인으로서의 그의 면모를 이 책에선 발견할 수 없다. 당연히 후대 유의들에게서 난만하게 꽃필 병증에 대한 윤리적 통찰도 드러나지 않는다. 그 잔영은 『당서』 등 역사서나 손사막을 신선으로 묘사한 후대의 도가 계열 서적에 일화 형식으로만 언뜻언뜻 비칠 뿐이다. 『당서』 열전에 등장하는 위 인용문도 그런 경우다.

인용문의 앞부분은 생리적 해석과 심리적 해석이 중의법처럼 겹쳐 있다. 생리학의 관점에서 이 구절을 재해석하자면 '쓸개가 비대해지려 할 때엔 심장은 작아지도록 해야 한다'가 될 것이다. 쓸개와 간은 목木의 성격을 갖는 장기들로 인간의 지성적 판단력과 의지의 활력을 관장한다. 때문에 과감함과 용기를 지나치게 갖춘 사람을 가리켜 '간이 부었다'거나 '담대하다', 즉 '쓸개가 커졌다'고 표현하는 것이다. 특히 쓸개는 음의 성격을 지닌 간과 달리 강한 양의 성격을 띤다. 이 쓸개가 부어 커지려 한다는 것은 사람이 지나친 자신감과 용기에 들떠 있다는 것인데, 이는 장기 자체가 화火인 심장과 상승작용을 일으킬 경우 인체에 매우 해롭다. 가뜩이나 목과 화는 상생관계를 맺고 있다. 따라서 쓸개의 과잉된 활력을 보완하기 위해 심장은 다소 위축되어도 좋은 것이다. 이상을 심리적 관점에서 달리 표현하면 '지나치게 담대해지려 할 때엔 소심함으로 보완해야 한다'가 될 것이다.

다음 구절은 쓸개와 심장의 관계를 앎과 행동의 문제로 발전시키고 있다. 앎은 인간의 이지적 활동이란 점에서 쓸개와 연결되고, 행동은 외부 상황에 대한 직접적 반응이란 점에서 심장과 연결된다. 판단력을 관장하는 쓸개는 자주적 독립성을 상징하기도 하는데, 때문에 줏대 없는 사람을 '쓸개 빠진 놈'이라 부른다. 그런 쓸개의 활동이 지나치게 가라앉아 있으면 인간의 지성 활동은 두루뭉술한 원만함을 지향한다. 다투거나 맞서 비판하지 않고 타협을 선호한다는 뜻이다. 그럴 경우엔 심장의 뜨거운 실천력이 이를 보완해주어야 한다. 다시 말해 쓸개가 쪼그라들어 과감함이 줄어들면 심장은 오히려 왕성하게 움직여 행동이 모나져야 한다는 것이다.

지행합일知行合一은 주자학과 더불어 송나라 심학의 양대 산맥이었던 양명학의 모토였다. 물론 앎과 행동이 완벽히 일치하면 좋겠지만 우린 늘 지나치게 사색적이거나 지나치게 실천적이다. 머리가 너무 앞서거나 몸이 너무 앞선다. 머리가 너무 앞서 스스로의 판단을 과신한다면 행동이라도 진중해져야 하고, 지혜가 둔해져 판단력이 무기력해지면 처신 하나만은 원칙에 맞게 딱 부러지고 단호해야 한다. 쓸개와 심장의 일은 이처럼 지와 행의 변증법적 상보성과 깊이 연루되어 있다.

3

젊은 시절 건강을 지키려 할 때

밤에 휘파람 불면 뱀이 나타나는 이유는 뭘까? 동양의 전통적 사유 관습을 잘 모르는 현대인들은 과학적 근거를 대며 문제를 풀려 들 것이다. 하지만 이런 실증적 해석은 무의미한데 휘파람이 뱀의 생리적 본능과 아무 연관이 없기 때문이다. 그렇다면 이 속담의 속뜻은 규범적 교훈인가? 이를테면 깊은 밤의 숙면을 깨우는 소란스런 행위에 대한 경계라거나 남의 집 젊은 규수를 휘파람 불어 꼬드기는 난봉꾼들을 조심시키려는 딸 가진 부모의 단속이라는 등의 설들 말이다. 하지만 전자는 왜 하필 휘파람이고 뱀이어야 했는지를 설명하지 못하며, 후자는 이 말이 주로 잠자리의 어른들이 아이들에게 하던 속담이었음을 상기할 때 설득력이 떨어진다.

·

이 이상한 속담의 핵심은 휘파람이 아니라 불길함의 상징으로 등장한 뱀에 있다. 뱀은 속담에 따라서 귀신으로 대체되기도 하는데, 이는 뱀과 귀신이 가진 공통점, 즉 문명 세계의 안녕을 위협하는 두려운 타자라는 점 때문이다. 그런데 뱀은 그저 인류를 위협하기만

하지 않고 징그럽고 끔찍한 기분을 초래하는 동시에 무언가 불길한 관능성까지 상기시킨다. 귀신처럼 막연한 공포가 아니라 현실에 실재하는 공포라는 점에선 생생한 리얼리티마저 지니고 있다. 뱀은 뭘 의미할까?

논란의 여지는 있지만 뱀은 질병을 상징하는 것 같다. 따라서 섬뜩하고 징그러운 뱀의 관능성은 인류의 육체를 침범하는 보이지 않는 침입자에 대한 우리 조상들의 상징 해석으로 보인다. 그럼 뱀은 어쩌다 질병을 상징하게 됐을까? 우선 방들이 엄격히 분리되지 않은 서민들의 전통 가옥 구조를 떠올려보자. 부부는 이미 태어난 자식들 근처에서 성행위를 할 수밖에 없었을 것이고 그 결과는 자식들 입장에선 집안의 재앙인 엄마의 임신이었을 것이다. 엄마는 임신이라는 질병에 걸려 생활력을 상실하고 그에 따라 자식들의 의식주는 심각한 곤란에 직면하곤 했을 것이다. 결국 엄마를 힘들게 하는 침입자라는 점에서 뱀을 닮은 아빠의 성기는 질병을 일으키는 주범인 셈이다.

이제 이 속담이 왜 아이들을 재우기 위한 위협으로 어른들에 의해 말해졌는지 의문이 조금 풀렸을 것이다. 밤잠을 설치게 하는 모든 행위를 대유하고 있는 휘파람은 그래서 꼭 휘파람일 필요는 없다. 아무튼 서민들 입장에서 힘겨운 하루의 노동을 마친 뒤 이리저리 보채는 아이들을 재우고 편안히 숙면을 취하기가 얼마나 큰 고역이었을지 상상하면 이 속담에 담긴 서글픈 유머가 이해되리라! 이렇게 일견 엉뚱해 보이는 옛 격언이나 속담 가운데 건강과 관련된 지혜가 담긴 경우가 매우 많다.

〔원문〕

夷堅志云(이견지운), "避色如避讐(피색여피수), 避風如避箭(피풍여피전), 莫喫空心茶(막끽공심다), 少食中夜飯(소식중야반)."

「正己篇(정기편)」

〔번역문〕

『이견지』에서 말했다. "여색 피하기를 원수 피하듯이 하며, 바람 피하기를 화살 피하듯이 하고, 빈속에 차를 마시지 말며, 늦은 밤에는 음식을 적게 먹으라."

『이견지』는 송나라 때 홍매洪邁란 인물이 기이한 사건이나 일화 들을 모아놓은 설화집이다. 인용문은 총 네 가지 사항을 주문하고 있는데, 언뜻 평범한 세속적 건강법을 아무렇게나 진술하고 있는 듯 보인다. 하지만 네 항목들을 관통하는 일관된 메시지를 간파하면 그 의미가 예사롭지 않다. 우선 색을 원수 보듯이 하라는 말로 추정하면 이 격언은 젊은이들을 상대로 했던 것임이 분명하다. 색욕을 통제 못 하여 이를 원수처럼 여겨야 할 연령대가 주로 이십대 전후이기 때문이다. 다음 대목은 안정된 가정을 이룬 장년층과 달리 바깥 외유를 즐기는 청년들의 생활 습성을 경계하고 있다. 젊은이들은 틀에 박힌 일상보다 모험적인 여행을 좋아한다. 친구 따라 강남 가는 나이인 것이다. 결국 인용문이 억누르고자 하는 건 젊은이들의 왕성한 성욕과 집을 벗어나려는 객기로서, 공히 지나치게 발산되는 남성적 활동력을 가리킨다.

남성적 활동력은 삶을 활기차게 하고 나아가 세계를 변화 발전시키는 데 필요한 기본적 원기다. 하지만 양생의 관점에서 양기의 지나친 발산은 신체 음양의 조화를 깨뜨리는 대표적 원흉이자 질병의 원인이 된다. 속신에 '부양억음扶陽抑陰'이라 하여 양기를 북돋우고 음기는 억누르는 게 건강비책이라 하기도 하지만 전통 동양의학의 정설은 양인 화기火氣는 내려주고 음인 수기水氣는 상승시켜 서로 조화를 이뤄줘야 한다는 것이다. 이게 내단內丹의 기본원리다.

그런데 세번째 대목에서 뜬금없이 빈속에 차 마시는 얘기가 나온다. 이건 무슨 뜻일까? 차는 주로 누군가와 식사하고 나서 더불어 담소를 즐기기 위해 마시는 기호식품이다. 사회적 교제를 원활히 하며 동시에 소화를 촉진시키려는 이중의 목적을 갖고 있다. 따라서 빈속에 차를 마신다는 것은 식사 없이, 즉 일정한 교제 없이 홀로 마신다는 뜻이 되는바, 결국 무의미하고 습관적인 차 복용을 의미한다. 이런 차 섭취 습관은 훗날 퍼지게 될 끽연 중독처럼 일종의 중독이다. 그럼 중독은 어떻게 오는가?

중독은 고독감으로부터 온다. 외부로 발산시킬 원기가 탈출구를 찾지 못하게 되면 그 힘은 자기 내부로 목표를 돌려 그 힘을 소유한 자의 몸을 공격한다. 적막한 무료를 달래기 위해 술을 마시고 담배를 피우며 차를 마신다! 텅 빈 고요를 모종의 사건으로 채우기 위한 자학 행위다. 당연히 늦은 밤의 과식도 외로움의 표현이 아니던가? 누구나 밤참을 즐길 수 있지만 폭식하진 않는다. 한밤중에 일어나 많은 식사를 하는 건 결국은 색욕으로 발산될 외향적 원기가 그 출로를 식욕으로 대체했기 때문이다.

이상의 네 항목은 제어되지 않은 욕망의 위험성, 그리고 억지로 제어된 욕망을 왜곡된 방식으로 해결하는 행위의 위험성을 각기 두 개의 짝패로 제시하고 있다. 물론 이상의 네 항목은 장년층과 노년층까지 대상으로 한 충고였을 수 있다. 비록 그러하나 그러한 모습의 장년층이나 노년층을 차마 상상하고 싶지는 않다.

4

역경에 뛰어들 용기가 나지 않을 때

『대학』에 보면 '심불재언心不在焉, 시이불견視而不見, 청이불문聽而不聞, 식이부지기미食而不知其味'라는 말이 나온다. '마음이 그곳에 없으면 뚫어져라 봐도 보이지 않고, 귀기울여 들어도 들리지 않고, 음식을 먹어도 그 맛을 모른다'는 뜻이다. 여기서 '시視'와 '청聽'은 의도를 가지고 애써 보고 듣는다는 의미를 담고 있다. 수동적으로 보이는 걸 보거나 들리는 걸 듣는 자연반사적 행위는 '견見'과 '문聞'으로 표현한다. 때문에 '주견注見'이나 '발시發視'라는 단어는 불가능하다. '주시注視'와 '발견發見'이라 해야 한다. 마찬가지로 '애써 귀기울여 듣는다'는 표현은 '경청傾聽'이라 해야지 '경문傾聞'이라 할 순 없는 것이다.

본론으로 돌아와서 『대학』의 내용을 찬찬히 음미해보자. 엄청난 주의를 기울여 보고 들었음에도 마땅히 보고 들었어야 할 것들을 보거나 듣지 못하는 경우가 있다. 마음이 그 안에 담겨 있지 않았기 때문이다. 시각이나 청각 같은 관능적 감각들은 이들 감각들을 최종적으로 통솔하는 마음이 떠나가는 순간 블랙 아웃black out된다.

이렇게 마음의 스위치가 꺼지게 되면 음식을 먹고 있으면서도 그 맛을 느끼지 못한다. 말하자면 모든 감각들이 의식에까지 진출할 수 없도록 봉쇄된 채로 방치되는 것이다.

마음을 담아서 보고 들으며 마침내 상황 속으로 뛰어들었을 때 우리는 비로소 이를 체험이라 부를 수 있다. 이 체험이 나의 삶 전체와 구체적으로 접속되는 순간 프랑스 철학자 장 폴 사르트르가 말했던 앙가주망engagement, 즉 실존적 '참여'가 발생한다. 우리는 세상 안으로 참여해 들어갈 수 있을 때에야 비로소 세상의 문제들을 나의 문제들로 받아들일 수 있다. 반면에 마음이 대상에 머물지 않아 체험도 참여도 일어나지 않는 사람에겐 좁디좁은 자아가 그가 가진 세상의 전부가 된다.

〔원문〕

子曰(자왈), "不觀高崖(불관고애), 何以知顚墜之患(하이지전추지환), 不臨深淵(불임심연), 何以知沒溺之患(하이지몰닉지환), 不觀巨海(불관거해), 何以知風波之患(하이지풍파지환)?"

「省心篇(성심편) 上(상)」

〔번역문〕

공자께서 말씀하셨다. "높은 낭떠러지에 올라보지 않고 어찌 굴러 떨어지는 근심을 알겠으며, 깊은 연못을 굽어보지 않고 어찌 물에 빠지는 근심을 알겠으며, 넓은 바다를 보지 않고 어찌 세찬 파도의 근심을 알겠는가?"

『공자가어孔子家語』에 나오는 말이다. 모두 세 가지 비유를 동원하고 있는데, 공통점은 역경에 대한 높은 경험치를 강조하며 이를 근심과 연결시키고 있다는 점이다. 깎아지른 낭떠러지와 깊은 연못 그리고 망망대해를 직접 체험해보지 않은 자는 낭떠러지와 연못 그리고 바다가 가져올 공포에 대해 알지 못한다. 그들은 그 공포에 대해 말하고 묘사할 순 있겠지만 그 안으로 들어가 참여해본 적이 없기에 자신의 문제로 추체험할 수가 없다. 자신의 문제로 추체험할 수 없는 문제를 감히 안다고 말할 순 없을 것이다.

그렇다면 파란만장한 이 세계 안에 참여하는 자는 왜 항상 근심이 많을까? 그들은 왜 낭떠러지와 연못 그리고 바다의 아름다움이 주는 쾌락이 아니라 그것들로부터 발생할지도 모를 위험만을 자각하는가? 해답은 대상과의 거리에 있다. 예컨대 히말라야 산맥도 멀리서 바라볼 땐 장대하고 수려한 하얀 산맥에 불과할 수 있다. 하지만 일단 이 산맥 속으로 들어가 이를 자신의 체험 대상으로 삼는다면 히말라야는 더이상 아름다운 산맥일 수 없게 된다. 멀리서 바라보는 에베레스트와 그 벼랑에 달라붙어 몸으로 느끼는 에베레스트는 전혀 다른 산이다.

결국 체험하고 참여한다는 것은 가까이 다가간다는 것과 같다. 가까이 다가가 몸으로 밀착했을 때 비로소 대상의 진면목이 드러난다. 세상에 존재하는 역경들, 이를테면 낭떠러지와 연못 그리고 바다에 다가가 직접 몸으로 체험함으로써 그 상황들에 실존적으로 참여해본 자만이 무언가 알았다고 말할 수 있다. 무얼 아는가? 마음을 쓰지 않은 채 멀리서 보거나 듣기만 했던 자들이 결코 제대로 보거나 들을 수 없었던 위험들이다. 따라서 세상의 험한 것들을 제대로 '잘 보고' '잘 들었던' 자들만이 세상의 문제들을 자기 문제로 삼을 수 있으며, 세상의 위기를 자신의 위기처럼 여겨 근심할 수 있다.

역경 속에 참여할 각오가 되어 있는 자만이 세상의 파란만장함 속으로 근접해 마침내 뛰어내린다. 그런 각고의 고난을 거쳐본 사람들은 항상 근심 속에 살게 된다. 그 근심은 아는 자의 근심이며 끝내는 지혜가 될 근심이다. 그러니 직접 가서 보지 않았으면 그 입을 다물라! 세상에 대해 이러쿵저러쿵 불안을 늘어놓고 있지만 정작 세상이라는 지옥 속으로 낙하할 생각은 없는 자들이여! 그대들이 진짜 근심하는 것은 낭떠러지와 연못 그리고 바다가 아니다. 그대들이 정녕 두려워하는 것은 낭떠러지와 연못 그리고 바다에 직접 가 보는 것이다. 그 위험에 몸을 내맡겨 극한의 근심을 진짜 보고 듣는 것이다.

5

자신감을 갖고자 할 때

자신감과 자만심을 구별하는 기준은 의외로 간명하다. 자기를 어떻게 규정하느냐다. 자신감 있는 사람은 현실에 기초해 스스로를 엄격하게 규정한다. 현실 속에서 자신이 차지하고 있는 위상, 앞으로 보완해야 할 약점, 단련하면 유용할 장점 등에 대해 아주 잘 알고 있다. 따라서 자신감 있다는 것은 매사에 용기백배해 달려든다는 의미가 아니다. 그 정반대다. 자신감을 얻기까지 무수한 시행착오와 실패를 거듭했던 사람들은 자신이 감당할 수 없는 영역이 무엇인지, 한계가 어느 순간 찾아오는지 잘 알기에 포기와 승복도 매우 빠르다.

물론 자신감 있는 자들은 보통 이상의 능력에 도달한 자들일 경우가 많으며 일단 포기했던 일도 필요하다면 집요하게 재도전할 것이다. 그럼에도 그들의 자기 평가는 철저히 현실에 초점을 맞추고 있다. 부질없는 경쟁이나 명예욕 때문에 시간을 낭비하지 않는다. 이처럼 자신감의 저변에는 자기 자신에 대한 정확한 평가, 그런 현실적 평가에 기초한 지속적 노력 그리고 주변의 인정이나 칭송에 얽매이다 생겨난 과시욕의 기름기를 쫙 빼낸 갸름한 자아가 있다. 이 모든 자질들이 어릴 적 열등감을 슬기롭게 극복하며 형성된 것들이라면 믿어지겠는가?

자신감의 근원에는 열등감이 있다. 어린 시절 전능감에 한없이 도취해 있던 아이는 이윽고 독립된 자아로 홀로 서면서 거대한 절벽 같은 어른들의 세계 앞에 직면한다. 마침내 자신을 압도하는 세계의 장벽을 돌파하다 무수히 좌절하게 될 아이는 삶에서 처음 겪는 열등감을 어떻게든 해소해야 한다. 어떤 아이는 주변 어른들이 자기 요구를 무조건 들어주던 유아기로 퇴행하려 들 수도, 다른 아이는 낯선 세계에 공격적으로 맞서다 피해의식을 지니게 될 수도 있다. 이것이 이른바 성격 형성 과정이라는 것이다. 이때 세부 성격이야 각양각색이라 하더라도 미래에 자신감 있는 어른으로 성장할 아이들은 대부분 엄격한 자기 평가를 시작한다. 열등감을 섣불리 해소하려 하기보다 그 감정의 기원을 자기 내부에서 찾고자 분투한다.

〔원문〕

自信者人亦信之(자신자인역신지), 吳越皆兄弟(오월개형제), 自疑者人亦疑之(자의자인역의지), 身外皆敵國(신외개적국).

「省心篇(성심편) 上(상)」

〔번역문〕

스스로를 믿는 사람은 다른 사람들도 그를 믿나니, 오나라와 월나라 사이처럼 원수 같던 사람까지 형제로 만들고, 스스로를 의심하는 사람은 다른 사람들도 그를 의심하나니, 제 몸 외엔 모두 적국이 되느니라.

스스로를 믿는 자, 즉 자신감 있는 자는 다른 사람들 역시 그를 믿게 된다. 스스로에 대한 평가가 정확하여 할 수 있는 일과 할 수 없는 일이 분명한 사람은 타인으로부터도 신뢰를 얻기 때문이다. 더 나아가 자신감 있는 사람은 적마저 친구 삼을 수 있는 친화력을 지니고 있다. 자기 스스로에 대한 엄밀한 평가란 결국 성실함으로 표현될 것이고, 성실한 자세는 적과 동지를 떠나 누구나 좋아하는 품성인 탓이다. 이렇게 자신에 대한 냉정한 평가 위에 쌓아올린 성실한 인격은 이미 한차례 이상 열등감을 극복한 인격이기에 뒤틀리거나 옭아 있지 않으며 따라서 그 누구와도 좋은 벗이 될 수 있다.

한편 자만심은 어떠한가? 자만심은 자기 자신에 대한 환상에 토대를 두고 있다. 자만심을 품은 자들은 결코 현실을 직시하지 않는다. 그들은 자기가 그랬으면 하는 이상적 모습을 먼저 그려놓고 스스로를 그 안에 투영한다. 당연히 그곳에 진짜 자기는 없다! 언뜻 자만심에 빠진 인물들이 자신감 있는 사람처럼 보이기도 한다. 마치 오랜 자기 분석을 거쳐 놀라운 경지에 도달한 도인인 양 남들을 가르치려 들기도 하고, 세상에 모르는 일 없는 듯 능란한 화술을 자랑하기도 한다. 하지만 그 안엔 그들의 자아가 없다. 그들의 자신만만한 외면은 그저 포장이다. 그 속에는 그 포장을 책임져줄 주인이 들어 있지 않다.

어린 시절 열등감을 모면키 위한 임기응변으로 가짜 자아들을 이리저리 끌어다 자기의 대역을 시키다보면 결국엔 진짜 자아가 무엇인지 모를 혼란에 빠지게 된다. 물론 그때마다 자기와 비슷한 자아가 있긴 있다. 그러나 그 자아는 온전히 제 것이 아니기에 스스로도 믿지 못할 자아다. 이렇게 자아를 확신하지 못하여 스스로를 의심하는 사람은 그만큼 책임져야 할 현실로부터도 자유롭기에 자신만만하고 기세 좋은 외양을 꾸며내기가 쉽다. 이 외양이 가짜이고 책임지지 못할 불성실에 기원하고 있다면 누가 그런 자를 신뢰하겠는가? 한순간의 자만심에서 발로한 허장성세는 끝내 주변 사람 모두를 적으로 돌려세우고 가짜 자아의 초라한 몰락을 재촉할 뿐이다.

6

감정을
조절해야 할 때

『논어』에 '낙이불음樂而不淫, 애이불상哀而不傷'이란 말이 있다. '기뻐하되 온통 빠져들지는 말며, 슬퍼하되 성정까지 다치지는 말라'는 뜻이다. 사람의 감정 가운데 가장 극단의 감정이 기쁨과 슬픔일 터, 그토록 고조된 감정을 조절하기란 좀체 쉽지 않다. 정감의 발현을 이성으로 통제하기 힘들기 때문이기도 하지만 정감 자체가 스스로 부풀려지는 속성을 지닌 탓이다. 기쁨과 슬픔은 시간이 갈수록, 말로 표현할수록, 남들과 나눌수록 더욱 증폭되는 경향이 있다.

어디 기쁨과 슬픔뿐이랴? 인간사 희로애락의 모든 감정들이 본디 지나치게 나아가려는 속성을 띠고 있다. 슬픔과 분노가, 기쁨과 희열이 남들과 나눈다고 어디 줄어들던가? 슬픔은 나누면 반이 된다는 말은 위로와 공감의 필요성을 강조하기 위한 격언일 따름이다. 누군가 내 슬픔을 목격하고 받아주면 슬픔의 감정은 더욱 광포하게 표출된다. 그것이 카타르시스가 되어 잠시 슬픔을 잊게 할지언정 슬픔은 제 몫의 에너지를 다 써버릴 때까지 사람을 놓아주지 않는다.

인간의 감정을 통제하기 위한 금언으로 공자의 '과유불급過猶不及'이란 말만한 것도 없다. '지나친 것은 모자란 것과 같다'는 뜻의 이 말은 무언가 과잉된 상태가 모자란 상태와 다를 바 없다는 데 초점을 맞춘 것이 아니다. 모자람은 어지간해선 그 부족분을 채우기 힘들지만 그냥 그런대로 살아가도 큰 피해를 입진 않는다. 머리가 좀 모자란 친구들도 분수껏 슬기롭게 살면 한평생 그럭저럭 행복할 수 있다. 하지만 지나침은 그 넘치는 부분을 덜어내기 무척 어려운데다 그 상태로 살다보면 재앙을 입기 십상이다. 너무 영리한 머리는 불필요한 재주를 부리다 종종 파탄에 직면하지 않던가!

〔원문〕

甚愛必甚費(심애필심비), 甚譽必甚毁(심예필심훼), 甚喜必甚憂(심희필심우), 甚藏必甚亡(심장필심망).

「省心篇(성심편) 上(상)」

〔번역문〕

너무 아끼면 반드시 너무 쓰게 되고, 너무 칭찬하면 반드시 너무 헐뜯게 되며, 너무 기뻐하면 반드시 너무 우울해지고, 너무 감추면 반드시 너무 잃게 된다.

이 인용문은 일상의 지혜가 인간 감정에 대한 깊은 철학적 통찰과 결합한 드문 사례다. 사람의 감정이란 한곳으로 쏠리게 되어 있어 그 가속도를 늦추기 힘들다면 이를 막기 위해선 반대 방향으로 힘을 쓸 도리밖에 없지 않을까? 지나치게 기쁘거나 슬퍼지려 한다면 그 반대 감정을 끌어들여 희석시키거나 때론 전혀 무관한 감정을 환기해 균형을 맞출 필요가 있다. 그렇게 하지 않을 경우 지나치게 쏠렸던 감정 상태는 평형을 찾기 위한 본능에 따라 그 기울기만큼 급격히 반대 감정 쪽으로 쏠리게 된다. 마치 조울증처럼 희喜와 애哀의 감정이 번갈아가며 시소를 타는 형국이 되고 마는 것이다.

어떤 사람도 계속 슬프거나 기쁘기만 할 수는 없기에 지독한 슬픔 뒤엔 이를 극복하려는 기쁨이, 지나친 기쁨 뒤엔 이를 정리하려는 슬픔이 찾아온다. 이렇게 번갈아 찾아드는 감정들을 조절하지 못한다면 정상적이던 인격은 붕괴할 것이다. 요동치는 감정에 변덕스레 편승하는 인물이 타인들의 신뢰를 얻을 것 같진 않다. 따라서 감정의 발산을 어느 선에서 제지할 수 있는 능력이란 자기감정의 진폭이 안전하게 회복될 수 있는 범위 안에서 유지되도록 하는 능력이기도 하다.

인용문으로 돌아가보자. 너무 아끼면 결국 너무 쓰게 된다. 지나치게 애지중지하는 물건이나 사람은 자꾸 꺼내보거나 자주 곁에 부르게 된다. 아낄수록 멀리해야 오래가는 법이거늘 시도 때도 없이 닦고 주무르다보면 어느새 아끼던 감정도, 아끼던 존재의 소중한 가치도 소진돼버린다. 귀한 것일수록 희소성이 생명이건만 이렇게 소비되다보면 귀한 것이 귀하지 않아진다. 다시 말해 귀찮아지는 것이다! 마찬가지로 너무 칭찬을 남발하면 이게 끝내 독이 되어 헐뜯음을 초래한다. 칭찬하던 나도 어느 순간 상대의 가치를 회의하게 될 것이고 주변 사람들은 질투하게 될 것이다. 결국 절제되지 않은 아낌이나 칭찬은 그 대상의 가치를 떨어뜨리거나 반대로 혐오의 감정을 부추기는 결과를 낳는다.

아끼고 칭찬하고 싶을수록 무관심과 냉연함의 감정을 동원해야 하듯이, 너무 기쁠 때는 그뒤에 찾아올 근심을 대비해야 한다. 이른바 흥진비래興盡悲來는 만고의 진리라서 큰 기쁨이 휩쓸고 지나가면 반드시 근심거리가 출현하게 마련이다. 게다가 큰 기쁨 뒤에 찾아오는 근심은 그 무게가 훨씬 대단하게 느껴지게 마련인지라 충격도 자못 심하다.

이상의 감정사용법을 총괄하는 마지막 구절이 무척 재미있다. 너무 감추고 쌓아두려 하면 오히려 잃게 된다니, 이건 무슨 뜻인가? 비단 물건뿐만이 아니라 사람의 감정도 지나치게 감싸 축적하게 되면 그 본연의 쓰임을 잃거나 도둑질의 대상이 된다는 의미다. 이때 감정을 감춘다는 것은 감정을 절제한다는 뜻이 아니라 어떤 감정에 애착을 두고 계속 충만하게 유지하려 한다는 뜻이다. 때문에 '장藏'에는 '감추다'라는 의미가 '모으다' 혹은 '쌓다'라는 의미와 섞여 있다.

어떤 물건을 감춰 오래 독점하면 할수록 절도의 대상이 되듯이, 나의 기쁨과 아낌 그리고 칭찬하려는 마음도 오직 나만의 향유를 위해서 구가하려 할 땐 외려 사라지거나 상실된다. 나 홀로만 기쁠 수는 없기에 다른 사람들을 그 기쁨 속에 초대해야 하고, 나만이 아끼고 칭찬할 수 있는 신묘한 대상이란 세상에 없기에 사람들의 다른 관점도 항상 존중해야 한다.

7

필요 없는 존재로 느껴질 때

존재의 의미와 소중함을 깨우쳐주는 불교 경전으론 『화엄경華嚴經』이 으뜸이다. 이 경전이 묘사하는 대화엄의 우주 속에서 불필요한 존재란 없으며 모든 존재는 평등하다. 그 절대 평등의 세계가 꽃처럼 아름답다 하여 '꽃의 경전', 즉 '화엄'이라 불린 것이다. 화엄의 우주관이 존재를 긍정하고 대평등을 주장하게 된 경위를 살피면 언뜻 쓸쓸하고 미미해 보이는 우리네 흔한 인생도 꽃으로 피어날 수 있진 않을까?

화엄의 묘리를 연구하는 화엄학에선 우주에 네 가지 존재의 차원이 있다고 말한다. 이를 네 개의 법계法界라 부른다. 먼저 사법계事法界의 차원이 있다. 여기서 사事란 성리학에서 기氣라고 부르는 개념과 흡사하여 우주에 현상적으로 존재하는 모든 사태들을 의미한다. 물리적 시공간 속에서 벌어지는 일체의 사건 세계가 바로 사법계다. 인류는 이 현상계 차원에서 세상을 바라보며 만물을 구별짓고 각각에 이름을 부여한다. 말하자면 차별의 세계다. 다음으로 이법계理法界

가 있다. 이법계는 눈에 보이지 않는 이념의 세계다. 앞의 사법계가 특수의 세계라면 이법계는 보편의 세계이자 추상의 세계다. 인류는 바로 이 이理의 차원에 이르러서야 사사물물의 개별성을 벗어나 우주 전체를 이론적으로 종합하고 내면의 원리를 깨달을 수 있다.

세번째 차원은 사리무애법계事理無碍法界다. 이 법계에서 사事의 세계와 이理의 세계는 서로 막힘없이 섞여 하나가 된다. 원융무애圓融無碍의 상태다. 여기서 '무애無碍'란 '막힘이 없다'는 뜻이다. 결국 사리무애법계에서 개별과 전체, 특수와 보편, 하나와 다수는 서로 화해하여 조화로운 평등 세계를 이룩한다. 그런데 무척 아름답게 보이는 사리무애법계에는 함정이 하나 숨어 있다. 개별자와 보편자가 하나라는 표현 속에는 초월적 제왕의 전제주의 통치를 합리화해주는 독재의 논리가 깔려 있는 것이다. 즉, 초월적 이理를 대표하는 제왕이 개별적인 사事들인 백성들과 하나라면 '짐이 곧 국가'라는 논법도 가능해지는 것이다. 이로 인해 화엄학은 오랜 세월 중세 전제왕권의 통치 원리로 이용되기도 했었다.

화엄의 법계관이 완성되는 것은 가장 높은 네번째 차원에서다. 바로 사사무애법계事事無碍法界다. 사사무애법계는 개별과 전체, 특수와 보편, 하나와 다수가 서로 섞이는 데에서 나아가 아예 이 모든 일체 존재가 대등한 사事들로 환원된 세계다. 이 차원에선 우주엔 온통 사事들 뿐이다! 보편도 특수 가운데 하나일 뿐이며 개별자를 아우르는 별도의 전체자는 존재치 않는다! 그리하여 마침내 화엄이 추구하는 '일즉다一卽多, 다즉일多卽一', 즉 '하나가 곧 전체요, 전체가 곧 하나'인 무차별대평등無差別大平等의 세계가 열리는 것이다. 말하자면 개별자들의 세계와 보편자의 세계가 변증법적으로 지양止揚된 세계가 사사무애법계다. 따라서 사사무애법계에서 쓸모없는 존재란 없으며 들판의 이름 없는 잡초조차 우주 전체를 구현한 고귀한 생명체가 된다.

〔**원문**〕

天不生無祿之人(천불생무록지인), 地不長無名之草(지부장무명지초).

「省心篇(성심편) 上(상)」

〔**번역문**〕

하늘은 봉록 없는 사람을 내지 않고, 땅은 이름 없는 풀을 기르지 않는다.

봉록이란 무엇인가? 임금이 신하에게 내려주는 월급이다. 임금이 누군가를 신하로 고용하면 반드시 봉록도 내려준다. 같은 논리로 세상 만물을 관장하는 지배자가 하늘이라면 하늘은 세상 만물을 종으로 부리며 각각에게 응분의 대가를 지불할 것이다. 이를테면 사람 한 명을 세상에 냈다면 그에 걸맞을 봉록도 준비했을 것이다. 봉록을 타고나지 않은 사람은 존재할 수 없다.

하지만 세상에는 봉록은커녕 사람대접도 받지 못한 채 비명횡사하는 경우가 많지 않은가? 그럼 그들의 봉록은 어디로 갔는가? 그들의 봉록은 비록 존재했지만 부당하게 몰수되었다! 그들의 봉록은 수탈되고 갈취되었다. 그들의 봉록을 앗아간 것은 자연과 사회의 폭력이다. 자연과 사회는 간혹 재앙이나 폭정의 모습으로 힘없는 민초들의 봉록을 앗아간다. 때문에 현세에서 봉록을 빼앗긴 자들은 다음 생 혹은 그다음 생에서 다른 형식으로 봉록을 되찾아갈 것이다. 사법계의 눈으로는 알아챌 수 없지만 사사무애법계의 눈에서는 그것이 보일 것이다.

세상이 비록 겉으론 불평등한 모습으로 비치지만 그 안엔 무한한 평등이 실상實相으로 자리잡고 있다! 그러니 낮은 현상계의 차원에서 세상을 바라봐선 안 된다. 낮은 현상계의 차원에 머물면 눈먼 탐욕의 포로가 될 뿐이다. 우리가 사사무애의 차원에서 우주를 바라보면 존재할 가치가 없는 존재란 존재할 수 없다. 땅은 이름 없는 풀을 기르지 않는다! 땅이 길러낸 풀은 아무리 초라하고 미천해 보여도 이름을 가질 자격이 있다. 지상의 풀들은 저마다 고유한 이름으로 빛나며 우주의 진상을 증명한다. 그러므로 절벽 모서리에 낀 이끼도 우리와 똑같이 존재할 가치가 있다.

『화엄경』에는 구슬 하나하나가 나머지 구슬 전체를 비추는 거대한 인드라 망網이 등장한다. 그물로 서로 연결되어 서로 비추고 비춰지는 각 구슬들은 우주에 존재하는 모든 것들의 운명, 결코 홀로 존재할 수 없으며 반드시 연관되어 살아가야 할 운명을 상징한다. 아무리 사소해 보이는 생명 하나가 사라져도 우주의 그물망엔 곧 변화가 찾아온다. 언뜻 작아 보이는 그 변화는 수많은 다른 변화를 잇달아 일으켜 결국 우주를 크게 바꾸고야 말 것이다. 그러니 우주엔 반드시 존재해야 할 것들만 존재하고 있다고 감히 단언하련다.

8

초심을 잃었을 때

처음이란 말은 얼마나 설레는가? 첫사랑, 첫아이, 첫 만남. 처음이란 말로 시작되는 단어에 나쁜 것이 드문 이유는 처음이란 말의 울림이 주는 무한한 가능성 때문이다. 하지만 우리는 끝없이 처음을 배반하고 잊으며 무의미한 다음을 기약한다. 과연 다음은 존재하는가? 슬프게도 인생에 다음이란 없다. 처음은 늘 마지막 처음이고 다시 찾아오는 처음은 이미 다른 처음이다. 똑같이 다시 시작할 그런 처음이 애초에 없기에 '다음에'라는 말은 늘 공허하다.

독일의 철학자 니체는 운명애를 주장하기 위해 영겁회귀설永劫回歸說을 제시했다. 우리 인생이 무한히 반복되고 있으며 우리가 사는 현재는 그렇게 무한히 회귀되고 있는 왕복운동의 한 지점일 뿐이라는 것이다. 어리석은 자는 어차피 인생이 정해져 있고 그것이 무한 반복될 뿐이니 내 멋대로 살자 결심하겠지만, 자기 운명을 사랑하는 자는 무한히 반복될 인생을 아름다운 것으로 만들기 위해 분투할 것이다. 그 사람은 영원한 악몽일 수도 있을 이번 삶을 행복한 결말로 뜻있게 완성하기 위해 매 순간을 처음처럼 아끼고 사랑한다. 지금 이 순간을 소중히 살아내지 못한다면 그것이 영겁토록 반복될 것이기에.

악행을 저지르는 자들은 자신의 나쁜 행동이 다른 시간 다른 장소에서는 잊힐 거라 믿는다. 이를테면 자기 방을 깔끔히 관리하는 사람이 관광지에다 쓰레기를 투척하는 이유는 그곳에 다시 오지 않을 거라 여겨서다. 이처럼 죄를 짓고 뻔뻔한 사람들은 그 죄를 청산하고 새롭게 출발할 또다른 처음을 확신한다. 그러나 이것은 매우 위험한 확신이다. 왜 그럴까?

새롭게 출발하는 또다른 처음이 매번 과거와 단절된 새로운 시공간을 열어준다면 인간의 삶은 오직 유일무이한 현재의 순간들로만 유지될 것이다. 이렇게 모든 인연과 단절된 현재의 순간만을 사는 사람은 과거와 미래를 상실한 사람이며 결국 지켜야 할 윤리도 없는 사람이다. 그리고 이 윤리 없는 존재가 필요할 때마다 인생을 리셋할 수 있다면 인생은 현실이 아닌 시뮬레이션 게임이 된다. 인생이 게임이 되면 우린 무한한 자유를 누릴 수 있을까? 그렇지 않다! 현재 자체가 이미 유일무이한 어떤 '처음'의 결과물이기에 우리는 그 영향으로부터 영원히 자유롭지 못하다. 그리하여 처음을 책임지지 못하는 사람은 끝내 남은 미래마저 빼앗기게 된다.

〔원문〕

說苑曰(설원왈), "官怠於宦成(관태어환성), 病加於小愈(병가어소유), 禍生於懈惰(화생어해타), 孝衰於妻子(효쇠어처자), 察此四者(찰차사자), 愼終如始(신종여시)."

「省心篇(성심편) 下(하)」

〔번역문〕

『설원』에서 말했다. "관무에 태만해지는 것은 벼슬자리가 안정되고부터이고 병이 심각해지는 것은 병세가 조금 호전되고부터이며, 재앙이 생기는 것은 나태해지면서부터이고 효심이 사그라지는 것은 처자식이 생기고부터이다. 이 네 경우를 잘 살펴서 끝을 처음처럼 신중히 해야 한다."

처음 벼슬살이를 시작한 사람은 일정 시간이 지나면 업무에 익숙해져 마침내 방심하기 시작한다. 노련해진 그는 자신이 더 높은 다음 단계로 접어들었다 착각하여 초심을 잃고 결국 자리를 잃게 된다. 병을 앓던 자 역시 몸이 약간 좋아질 때 마음을 놓았다 끝내 목숨을 잃는다. 재앙은 이처럼 무언가가 끝났다고 믿는 나태함에서 비롯되는 것이다. 힘든 처음이 지나가고 드디어 무언가가 끝났다 여기는 이 어리석은 해이함. 『설원』은 그 심리를 아주 날카롭게 파헤친다.

효심이 사라지는 순간은 언제인가? 처자식이 생기고부터이다. 그렇다면 효자는 처자식을 부모보다 더 사랑하게 된 것일까? 본디 효자였던 자가 갑자기 그랬을 리 없다. 그건 애정의 양에서 비롯된 문제가 아니다. 효심이 무관심으로 변질되는 것은 효자가 마주한 상황에 기인한다. 효자는 어느덧 처와 자식을 거느려 스스로 '부모'가 되었다! 그 자신이 부모 입장이 되고 보니 자식이었던 과거와 단절되는 순간이 찾아온다. 이 단절감, 이제 더이상 누군가의 자식일 뿐만 아니라 자신도 어엿하게 부모가 됐다는 자각이 그를 불효자로 만든다. 결국 불효란 자식으로서의 첫 마음을 청산하고 이젠 부모로서만 살아가도 되겠다는 오판이 불러온 결과다.

청산할 수 있는 처음이란 애초에 없다. 우린 영원히 처음을 산다. 그 처음을 배반하고 다음 처음을 새로 시작할 수 있다 믿는 순간, 이 섣부른 오만은 자신에게 가장 귀중했던 처음을 잊게 만들고 끝내 우리를 삶의 마지막 재앙 앞에 직면케 한다.

9

칭찬에
약해지려 할 때

지나친 칭찬은 독이 된다고 한다. 하지만 적당한 칭찬과 격려는 아이의 정체성 형성에 도움이 된다는 주장도 있다. 부모의 잦은 비난에 직면해야 했던 아이가 결국엔 자존감 없는 어른으로 성장한다는 사실이 이를 반증한다. 그렇다면 독이 되는 칭찬이란 어떤 것일까?

독이 되는 칭찬은 지나친 칭찬도, 너무 자주 해주는 칭찬도 아니다. 칭찬이란 항상 그렇듯이 다소 과장된 측면이 있게 마련이고, 그게 정당하다면 자주 하는 게 문제될 리 없다. 칭찬이 독이 되는 이유는 칭찬하는 자의 내면에 감춰진 잘못된 전제 탓이다. 어떤 전제인가? 비논리적 동일시와 단순한 흑백논리가 그것이다. 이 문제를 살펴보자.

비논리적 동일시란 칭찬하는 자가 칭찬받는 자와 자신을 동일시하는 것이다. 예컨대 부모는 자식을 칭찬하며 자기 자신을 칭찬한다. 자기 자신을 칭찬하는 것이므로 비이성적이고 맹목적이다. 이럴 경우 부모들은 칭찬할 근거보다 칭찬하려는 의욕이 앞서므로 칭찬할 거리는 무작위로 찾아낼 수 있다. 자기 자식을 영재라 믿는 부모는 영재일 수밖에 없는 징후들을 한도 끝도 없이 찾아내고야 만다.

비논리적 동일시의 짝패가 단순한 흑백논리인데 이는 더 심각한 오류다. 이를테면 폭력조직의 두목은 부하들을 칭찬하며 그 근거로 자기 조직은 선, 상대 조직은 악으로 규정한다. 세상이 선과 악의 흑백논리로 매끈히 정리되므로 칭찬과 비난의 이유를 따로 마련할 필요조차 없다. 적은 악이며 내 편은 무조건 옳다! 이런 흑백논리가 비논리적 동일시와 결합하면 폭력적 인종주의나 소수자에 대한 차별로 귀결된다.

칭찬에 잘못된 전제가 개입되면 어떤 칭찬도 독으로 작용한다. 칭찬받는 자는 칭찬에 담긴 이런 맹목적 의도들을 진실이라 오해해 자신의 독선적 성격을 정상적 자부심과 혼동할 것이다. 그게 청소년이라면 잘못된 전능감에 도취해 타인들을 무시하거나 자기와 다르다는 이유만으로 남을 괴롭히는 괴물로 클 수 있다. 괴물은 잘못된 칭찬을 먹고 자란다.

〔원문〕

道吾惡者(도오오자), 是吾師(시오사), 道吾好者(도오호자), 是吾賊(시오적).

「正己篇(정기편)」

〔번역문〕

나를 미워한다고 말하는 자는 나의 스승이요, 나를 좋다고 말하는 자는 나의 도적이다.

이 인용문에서 가장 눈에 띄는 것은 다루는 주제가 선악이 아닌 호오라는 점에 있다. 때문에 첫 구의 악惡 자는 '미워하다'라는 동사로 보아 '오'로 발음해야 하는데, 뒤의 '좋아하다'라는 뜻의 호好 자와 대를 이루고 있다. 선악이 아니라 호오, 즉 취향의 문제를 언급했음이 분명하다.

주제가 선악이 아니라 호오라는 사실 속엔 어떤 의도가 담겨 있는가? 그건 위 인용문이 비논리적 동일시나 단순한 흑백논리로부터 하는 칭찬, 즉 잘못된 선악판단에서 비롯된 칭찬을 직접 비판하지 않았다는 점에서 드러난다. 비판의 초점은 그런 잘못된 칭찬이 발생하게 되는 더 깊은 현실적 기원, 바로 호오판단에 맞춰져 있다.

선악판단에 기초한 칭찬은 전제부터가 이미 그릇된 칭찬이다. 이런 유치한 칭찬에 쉽게 넘어가는 사람들이란 부모에게 종속된 미성년자나 그 수준의 어리석은 어른들일 게 분명하다. 어느 누구도 처음부터 상대에 대한 칭찬과 비난을 도덕적 선악판단의 차원에서 감행하진 않는다. 만나자마자 상대방을 대뜸 악이나 선의 화신으로 규정하는 사람은 없다. 사람들은 그렇게 어리석진 않다.

누군가를 칭찬하거나 비난하며 이를 선악의 대립으로 몰아가기 위해선 반드시 호오판단, 즉 취향의 판단이 선행된다. 처음엔 그저 누군가가 이유 없이 좋다거나 막연히 싫다는 수준에서 출발한다. 그러다가 누군가를 좋아하거나 싫어하게 된 이유를 찾기 시작한다. 마침내 호오의 문제는 차츰 논리적 이유를 갖춰가며 선악의 문제로 비화되는 것이다.

이런 관점에서 인용문을 되새겨보면 보다 깊은 뜻이 드러난다. 지금 나를 미워하는 사람은 언젠가 나를 악하다고 규정할 사람이다. 호오판단이 시정되지 않는 한 이는 결국 선악판단으로 이어질 것이기 때문이다. 어찌 그들의 미움을 소홀히 여길 수 있겠는가? 결국 나를 미워하는 사람은 내 안에 자라고 있을지 모를 악의 씨앗에 경종을 울려준 셈이다. 하지만 아직 나를 악인으로 규정하진 않았다. 내겐 기회가 남아 있다! 그러니 얼마나 고마운 스승인가!

반면 지금 나를 좋아한다고 말하는 사람은 장차 나를 훌륭한 선인으로 추켜세울 자다. 호오판단은 여간해선 궤도 수정이 되지 않으므로 상대의 칭찬은 관성이 붙어 강도를 높여갈 것이다. 실상에 부합되지도 않는 칭찬을 남발하는 그들은 누구인가? 나를 추켜세워 이용하려는 자가 아니겠는가? 따라서 그 사람은 나를 이용하고 해치려는 도적과 진배없다. 가까이해선 안 될 사람이다! 결국 이 인용문은 누군가가 나를 좋아한다고 하는 말에는 쉽게 달뜨면서 자기 내면에 대한 성찰엔 인색한 풍속을 통타하고 있다.

10

운명이란 없다고 믿고 싶을 때

젊은 시절 단 한 번 잘못된 선택으로 평생을 망치는 경우는 드물다. 대개 잘못된 선택은 또다른 잘못된 선택으로 여러 차례 연결된다. 마치 사다리 놀이에서 처음 선택한 경로에 따라 다음 선택지가 이어지듯 수많은 크고 작은 선택의 순간들이 나타나며, 그때마다 잘못된 선택을 하게 되면 그 누적의 결과로 비극적 결말이 삽시간에 찾아온다. 완벽한 운명론이란 세상에 없다.

누적된 선택들이 한 세대 늦게 결과를 나타내는 경우가 있다. 이를테면 아버지의 선택이 자식이나 손자에게 영향을 끼치는 건 상식이다. 하지만 긴 시간 속에 분포되는 그 과정이 남들 눈엔 잘 보이지 않는다. 대표적인 게 가정교육이다. 가정교육이라 해서 특별한 훈육만을 뜻하는 건 아니다. 부모의 말투나 몸짓 등 일상의 행위 양식 전체가 교육의 소재가 된다. 예컨대 곤경에 처했을 때 분노부터 하는 부모는 문제 해결보다 제 자신의 감정 표현에 시간을 낭비하는 자식을 길러낸다.

우리가 불가항력의 생물학적 유전으로 생각하는 인류의 특징들도 실은 환경에 마주해 조상들이 수없이 반복했던 선택의 결과들이다. 시간의 스케일을 길게 잡으면 모든 유전자 기억들이 다 획득 형질의 소산인 셈이다. 이에 따르자면 가계家系를 통해 한 사람의 예상 수명을 비롯한 생체 정보를 얻을 수 있듯, 가풍을 살펴 그 소속원에 대한 인성 정보를 얻을 수 있다. 그렇다면 이건 또다른 생물학적 운명론인가?

물론 아니다. 인간은 자기 삶보다 월등히 긴 유전적 영향의 흐름도 속에 위치해 있으면서도 이 흐름을 역전시키거나 강화시킬 힘 또한 지니고 있다. 그러한 힘을 지니기에 선택의 갈등도 생길 수 있는 것 아니겠는가? 대신 자신의 선택이 얼마나 많은 과거의 영향에 의해 좌우되고 있는지 숙지해야 하며, 그러한 영향 가운데 어떤 것을 바꿀 것인지 결단해야 한다. 또한 그 결과에 대해 누구도 탓할 수 없으며 이를 오로지 홀로 책임져야 한다는 사실도 받아들여야 한다.

〔원문〕

種瓜得瓜(종과득과), 種豆得豆(종두득두), 天網恢恢(천망회회), 疏而不漏(소이불루).

「天命篇(천명편)」

〔번역문〕

오이 심은 곳엔 오이가 나고, 콩 심은 곳엔 콩이 나나니, 하늘의 그물은 넓고도 넓어, 성글지만 새지는 않느니라.

노자 『도덕경』 73장에는 '천지도天之道, 부쟁이선승不爭而善勝, 불언이선응不言而善應, 불소이자래不召而自來, 천연이선모繟然而善謀, 천망회회天網恢恢, 소이불실疏而不失'이라는 표현이 있다. 해석해보면 '하늘의 도는 다투지 않아도 잘 이기며, 말하지 않아도 잘 응하고, 부르지 않아도 저절로 이르며, 느슨한 것 같지만 꾀를 잘 내나니, 하늘의 그물은 넓고도 넓어, 성글지만 놓치는 게 없다'로 풀 수 있다. 위 인용문 후반부에 등장하는 하늘의 그물 운운하는 구절의 출전이므로 인용했다.

노자의 인용문은 비록 하늘이 그 정체를 선명히 드러내지 않거나 때론 당장 자기 뜻을 나타내지 않는다 해도 만물의 움직임 구석구석을 내밀하게 관장하고 있음을 강조한 것이다. 해석하기에 따라서는 자신을 감추고 은밀하게 세상을 통치하는 제왕, 즉 도가의 무위로써 통치하는 노회한 지도자의 모습을 은유한다고 할 수 있다. 그런데 『명심보감』은 이를 약간 변형시키고 있다. 우리 속담인 '콩 심은 데 콩 나고 팥 심은 데 팥 난다'와 유사한 속담을 앞에 배치함으로써 세상엔 원인 없는 결과가 없음을 특히 강조하고 있다. 여기엔 어떤 차이가 있을까?

노자의 원문이 하늘의 은밀한 작용력 가운데 그 '은밀함'을 도드라지게 드러내려 했다면 『명심보감』은 하늘이 자기를 실현하는 치밀한 인과적 '작용력'을 강조하고 있다. 『도덕경』과는 달리 하늘의 자기실현 방식에는 무관심한 것이다. 그렇다면 통치자로서의 하늘이 지닌 치밀하고도 꼼꼼하지만 눈에 잘 뜨이지 않는 통치술을 비유했던 『도덕경』의 '하늘의 그물'은 『명심보감』에 이르러 우주의 예외 없는 인과법칙을 비유하게 됐음을 알 수 있다. 불교의 인과응보가 됐든 도교의 권선징악이 됐든 우주에 어떤 작용이 가해지면 그에 따른 반작용 운동이 필연적으로 발생한다!

우리는 여기에 이르러 『명심보감』의 '하늘의 그물'을 그 흔한 도덕적 인과응보의 관점에서 해석하고 말 수도 있다. 이를테면 사필귀정事必歸正 같은 교훈의 제시 말이다. 이런 교훈적 담론은 미래를 적극적으로 개척하려는 진취성을 고취하기보다 어떤 행동이 초래할 결과를 지레 염려하여 매사를 조심하게 만드는 경향이 있다. 아주 작더라도 악의 씨를 뿌리면 반드시 악의 싹이 돋는다! 이런 소극적 세계관은 사람들을 도덕적으로 주눅들게 만들고 통치자에게 조건 없이 복종토록 만든다. 이럴 경우 '하늘의 그물'은 『도덕경』의 '통치의 그물', 더 나아가 '감시의 그물'로 되어버린다. 여기서 관점을 조금 바꿔 보면 어떨까?

오이 심은 곳엔 오이가 나고 콩 심은 곳엔 반드시 콩이 난다면, 세상만사 결국엔 내가 무얼 심느냐에 달렸다는 뜻이다. 지금 나의 작은 선택이 내가 속한 우주의 인과구조에 중요한 변화를 초래한다! 오늘 당장 선의 씨앗을 뿌리면 우리 삶의 전체 판형도 즉시 바뀌게 된다는 얘기가 아닌가? 아무리 큰 곤경 속에 처하더라도 긍정과 희망의 씨앗을 뿌리기로 선택한다면 그 순간 미래도 조금 바뀌게 된다. 하늘의 그물은 귀천과 고하를 따지지 않고 세상 곳곳에 드리워져 있기에 우리가 그 그물코 하나를 잡아 다르게 엮어버리면 미래의 시간은 다르게 흐른다. 그러므로 세상에 변하지 않는 운명이란 없으며 삶은 시시각각 우리의 선택을 기다리는 가능성의 공간이 된다.

11

거짓말 없이 살고 싶을 때

거짓말이 남을 속이기 위한 것이라는 말은 거짓말에 담긴 진실의 절반만을 설명할 뿐이다. 거짓말의 반 정도, 혹은 그 이상은 거짓말하고 있는 자기 자신을 속이기 위해 행해진다. 대부분의 거짓말은 스스로를 기만하기 위해 마련된 트릭이며 현실과의 정직한 대면을 회피하기 위한 환상의 수단이다. 따라서 어떤 거짓말들은 남을 속이기에 부적합하거나 불완전한 상태로 조작되는데, 이는 이런 거짓말들이 애초 남을 속이는 데 공들일 의도가 없었기에 빚어진 현상들이다. 본디 남을 속여 얻을 이익보다 스스로를 속여 얻을 이익이 지대하므로 거짓말의 각본 자체는 그리 중요치 않았던 것이다.

비록 거짓말일지라도 남의 입장을 배려하는 경우라면 하얀 거짓말, 선의의 거짓말이라 하여 오히려 칭찬받는 일도 생긴다. 그 정도까진 아니라도 남을 공들여 속이기 위해서는 남에 대한 일말의 관심이라도 지녀야 가능하다. 그래서인지 특별한 범죄 상황만 아니라면 정성 들인 거짓말이 성의 없는 정직보다 인간적일 때가 있다. 이와 달리 자기를 속이기 위한 거짓말은 맹목적이고 자기도취적이라서 남에 대한 고려가 처음부터 배제되어 있다. 이런 거짓말쟁이들은 타인들을 자신이 창조한 거짓 현실의 조역들로 동원하면서 그 거짓 현실이 들통나는 상황이 되면 현실을 망친 원흉으로 타인들을 지목해 원망한다.

자기를 속이려는 거짓말쟁이들은 남을 속이려는 거짓말쟁이가 염치의 형식으로 마지막까지 붙잡고 있는 양심의 끈마저 놓은 자들이다. 때문에 거짓말이 발각됐을 때 남을 속이려던 자가 엄청난 죄책감과 수치심에 빠지는 데 반해, 자기를 속이려던 자는 전혀 자책감을 느끼지 못한다. 그들은 재빨리 자신의 각본을 수정하여 다른 거짓말로 도망가거나 거꾸로 자신을 비난하는 사람들을 거짓말쟁이라 비판하며 현실을 회피한다. 이처럼 우리가 정녕 두려워하고 경계해야 할 거짓말은 우리 스스로를 속일 목적으로 은밀히 설계된 거짓말들이다.

〔원문〕

景行錄云(경행록운), "責人者(책인자), 不全交(부전교), 自恕者(자서자), 不改過(불개과)."

「存心篇(존심편)」

〔번역문〕

『경행록』에서 말했다. "남에게 책임을 돌리는 자는 사귐을 온전히 못하고, 스스로에게 너그러운 자는 허물을 고치지 못한다."

『명심보감』의 다른 곳에서 북송 때의 재상 범순인范純仁은 '人雖至愚인수지우, 責人則明책인즉명, 雖有聰明수유총명, 恕己則昏서기즉혼'이라 말하고 있다. 풀어보면 '사람이 아무리 어리석어도 남 탓하는 데는 똑똑하고, 아무리 총명해도 자기를 용서할 땐 멍청해진다'가 될 것이다. 사람의 본성이 자기 잘못은 제대로 못 보고 남의 허물은 기민하게 잡아낸다는 뜻이다. 과연 남 탓하기는 인류의 천성인 것인가?

자기 책임을 회피하여 누군가에게 전가하는 것은 인류의 자기보존 본능에 기인한다. 일이 틀어지거나 문제가 발생할 때마다 자기를 책망한다면 자신의 생존확률도 그만큼 줄어들게 된다. 차라리 사건을 조작하여 남에게 덮어씌우면 사회로부터 배제될 가능성이 현저히 줄어들고 당연히 살아남을 확률도 커진다. 이렇게 스스로에겐 관대하고 타인에겐 냉정한 인류의 심성은 집단으로부터 신뢰를 잃지 않고 계속 무리 안에 잔류하려는 욕구에서 비롯된 것이다.

문제는 남을 속여 자신의 생존의 이익을 취하려는 이런 거짓말이 인류의 이기적 유전자가 발현시킨 자연스런 성정의 일부이고 따라서 법률제도나 인성교육을 통해 교정할 수 있는 데 반해, 자기 내면의 기이하고 사특한 이익에 타인들을 종사시킬 목적으로 현실을 꾸며내는 거짓말은 그 정체를 파악하기 어렵고 교정하기도 거의 불가능하다는 사실이다. 내밀한 자기 향락을 목적으로 자신과 세상을 속이려는 이 기이한 거짓말은 최종 목표가 자기 희열의 증대에 있으므로 상황에 따라 변덕스럽게 자주 바뀌며 때론 진실과 어지럽게 착종되기도 한다. 무엇보다 이런 도착적인 거짓말은 어떤 파국이 찾아와도 자신의 잘못을 부인한다는 데 그 특징이 있다.

위의 인용문은 얼핏 범순인의 언급을 비슷하게 반복한 것처럼 보이지만 훨씬 심각한 상황을 묘사하고 있다. 남을 탓하는 행위는 단순한 자기변명일 수도 있지만 그것이 자기가 연루된 현실을 부정하고 세상을 자신의 편의에 맞춰 재편하려는 비이성적 욕망과 결합된다면 결국 인간관계를 송두리째 파괴하게 된다. 이를 '교제를 온전히 하지 못한다'고 표현하고 있다. 이는 타인과의 소통이 붕괴하여 정상적 사귐이 발생할 수 없는 단계를 뜻한다.

이렇게 끝없이 남을 탓하기만 하는 자는 스스로의 잘못엔 한없이 너그러운데, 그 목적은 자신의 불편한 허물과 정면으로 마주하지 않기 위해서다. 사람이라면 누구나 허물이 있고 그 허물들을 매일 반성하며 살아간다. 이같이 '허물 많은 인생'이라는 현실에 직면하지 않으려 하는 한, 자기 자신은 무구하고 결백하다는 자위적自慰的 환상을 계속 품을 것이요, 끝내 허물은 고쳐지지 않을 것이다. 자기 자신을 원망할 수 있는 능력이란 결코 작은 능력이 아니다!

2장

퇴退, 거두어들이는 지혜

12

물러날 시점을 고민할 때

즐겨 쓰이는 속담 속엔 선인들의 비밀스런 지혜가 녹아 있는 경우가 많다. 미구에 닥칠 불행이나 충격을 완화시키기 위해 만들어져 일종의 면역 효과를 발휘하는 경우들이 그렇다. 그 가운데 자기만 못한 아랫사람에게 뒤통수 맞을 때를 대비한 사례로 '형만한 아우 없다'거나 '사랑은 내리사랑'이라는 속담이 있다. 이 말 속엔 언젠가 자신을 밀어낼 미래의 잠재적 경쟁자와 타협하려는 소망이 잠재돼 있다.

후배나 자손들은 그들 심성이 나빠서라기보다 그들이 처한 위치 자체가 위협적이다. 그들은 자신들보다 앞선 누군가를 밀어내고 미구에 그 자리를 차지한다. 이건 자연의 법칙을 닮아 있다. 백천동류百川東流! 중국의 모든 강물은 동쪽으로 흐른다. 물은 지형을 따라 일정한 방향을 따라 흐르고 뒷물결은 한사코 앞 물결을 몰아낸다. 이는 탄생에서 죽음을 향해 한 방향으로만 흐르는 우리네 인생을 닮아 있지 않은가?

누구나 태어나면 죽는다는 건 상식인데도 사람들은 보통 자신의 죽음을 현실로 예측하기를 꺼리거나 고통스러워한다. 물론 자기 죽음을 인정하지만 이를 즉각 받아들이기는 거부하는 것이다. 때문에 다음 세대는 무한한 애정의 대상이 되기도 하지만 스스로의 소멸을 상기시키는 침울한 미래가 되기도 한다. 심지어 어떤 기성세대는 제자리에서 밀려나지 않기 위해 한번 태어나면 사라져야 하는 자연의 상식을 뒤엎고 불멸을 꿈꾼다. 그런 맹목적인 불멸감, 자신만은 자연법칙에서 예외리라는 막연한 환상은 모든 덧없는 욕망의 씨앗이다. 『명심보감』에는 그러한 헛된 욕망에 경고하는 구절들이 매우 많은데, 그중에서도 칠언시 형식을 취한 아래의 글은 섬뜩한 깨달음을 은유 없이 전달하고 있다.

〔원문〕

一派青山景色幽(일파청산경색유), 前人田土後人收(전인전토후인수)

後人收得莫歡喜(후인수득막환희), 更有收人在後頭(갱유수인재후두)

「省心篇(성심편) 下(하)」

〔번역문〕

한줄기 푸른 산 그 경치 그윽한데, 앞사람이 간 밭을 뒷사람이 거두네

밭 거두는 뒷사람 기뻐하진 말지니, 그 밭 거둘 다음 사람 뒤통수에 있나니

푸른 산 아래 아름다운 경치는 얼마나 호젓하고 그윽한가! 하지만 그 고요한 풍경 속에서도 잔인한 세대교체는 꾸역꾸역 진행되어 앞시대 사람이 갈던 밭이 어느새 다른 사람 소유로 변해 있다. 애초

땅을 일구기 위해 쏟았던 옛사람들의 공을 엉뚱한 사람이 거둬들이고 있다. 그런데 막 땅을 거둔 사람도 마냥 기뻐할 일은 못 되니, 얼마 안 있어 새로 땅을 차지할 자가 그의 뒤통수로 다가와 있기 때문이다. 세상은 늘 마지막 사람의 차지건만 최종적으로 마지막 자리를 차지할 사람은 존재하지 않는다.

인류 역사를 돌이켜보면 현명하게 산 사람과 그렇지 못한 사람의 삶이 판가름나는 순간은 대개 생의 황혼녘이다. 아무리 위대한 삶을 살았어도 노년기를 탐욕스럽게 맞이하면 모든 과거의 영광이 물거품이 되고, 반대로 초라한 삶을 살았을지라도 마무리가 지혜로우면 이전의 삶 전체가 새로운 의미로 재조명되곤 한다. 왜 누군가는 나이들수록 어리석어지고 또다른 누군가는 현명해지는 걸까? 바로 자신의 퇴장 시점을 정확히 이해하느냐 않느냐에 달려 있다.

삶의 황혼녘, 즉 후배에게 자리를 물려주고 은퇴해야 할 시점은 사람마다 다르다. 어떤 사람에겐 그게 오십대에 올 수도 있고 또다른 사람에겐 그보다 늦게 올 수도 있다. 그게 언제 오건 우리는 그 순간이 반드시 온다는 점을 명심하고 그때가 왔을 때 아름답게 물러나야 한다. 앞세대가 그렇게 멋지게 뒤통수 맞고 떠나주어야만 뒷세대가 앞서 쌓은 공을 훌륭히 거두어 그다음 세대에게 물려주게 된다. 그렇지 않으면 세대 간 반목이 일어나 끝없는 사회갈등이 빚어지게 될 것이다.

언뜻 기성세대에게만 노욕을 버리라고 강조하는 것 같은 위 인용문은 젊은 세대에 대한 경고 역시 잊지 않고 있다. 영원한 젊음은 없다. 아무리 지금은 젊다 해도 그들 역시 역사의 최종적 존재는 아니다. 시간은 흐르게 마련인지라 조만간 다음 사람이 뒤통수치러 나타나게 되어 있다. 그러니 지혜롭게 늙어 생을 멋지게 마무리할 준비는 앞선 누군가의 공을 자신이 거두려는 그 순간, 아직 자신이 새파랗게 젊다고 느낄 그즈음부터 시작해야 한다. 죽음과의 화해는 아무리 빨라도 너무 이른 법이 없다.

13

노력한 만큼 결과가 나오지 않았을 때

운칠기삼運七技三이란 말이 있다. 운명의 힘이 칠 할이라면 인간의 노력은 삼 할밖에 되지 않는다는 뜻이다. 결국 인간사 성패에 있어 그 칠 할이 우연에 맡겨진 셈이니 참으로 비관적인 세계관이다. 하지만 나머지 삼 할의 가능성이 참으로 미묘한 여운을 남긴다. 예컨대 야구 경기에서 유능한 타자의 기준이 삼 할 타율이다. 열 번 타석에 들어가 세 번만 안타를 치면 제법 괜찮은 타자가 된다. 일곱 번은 운이라 치고 자기 능력으로 좌우할 수 있는 나머지 세 차례에서 성공하기만 하면 된다. 따라서 우리에게 운칠기삼의 논리는 무조건 불리하기만 한 것은 아니다.

문제는 되는 운보다 안 되는 운이, 기량이 뛰어난 사람보다 평범한 사람이 더 많다는 냉엄한 현실이다. 그런 점에서 운칠기삼이 지닌 본래 뜻을 살펴보자. 이 성어는 운명의 신과 노력의 신이 주량을 겨룬 일화에서 유래한다. 과거를 치를 때마다 낙방을 거듭한 한 선비가 옥황상제에게 자신의 불운을 하소연하자 상제가 선비에게 내기를 제안했다. 운명을 관장하는 신과 노력을 관장하는 신을 불러 술 먹기 내기를 시키되, 전자가 이기면 선비가 자기 운명을 그냥 받아들이고 후자가 이기면 선비의 운명을 바꿔주기로 말이다. 결과는 운명의 신의 승리. 운명의 신은 일곱 잔을, 노력의 신은 석 잔을 마셨다고 한다. 결국 노력이 운명을 극복할 수 없다는 결말인 셈인데, 청나라 때 설화집 『요재지이聊齋志異』에 보인다.

성공을 위한 노력은 그 결과의 많은 부분을 우연성에 내맡긴, 말하자면 그 칠 할을 신의 몫으로 남겨놓은 것일 때 아름답다. 내가 노력한 만큼, 더도 덜도 없이 반드시 그만큼 결실이 있어야 한다는 타산적인 계산법은 우주를 수학공식에 의해 돌아가는 기계로 가정한다. 좋게 보면 노력형 인간들의 적극적 인생관으로 칭찬받을 수도 있겠지만 결국은 승자의 철학이다. 이에 따르자면 나의 승리와 타인의 실패는 운의 작용이 아니라 그 일에 들인 땀의 양에 따른 필연적 결과다. 나는 노력했고 그들은 게을렀다! 그렇다면 세상은 동정 없는 약육강식의 전쟁터이지 않은가? 따라서 운을 철저히 배제한 노력파의 세계관은 승자독식의 인생관이자 끝없이 노력의 양을 측정하고 서로 비교해야만 하는 강박증의 세계관이다.

〔원문〕

時來風送滕王閣(시래풍송등왕각), 運退雷轟薦福碑(운퇴뇌굉천복비).

「順命篇(순명편)」

〔번역문〕

때맞춰 바람이 불어와 등왕각에 이르게 되었고, 운세가 떠나가자 벼락이 떨어져 천복사의 비석을 깨버렸네.

등왕각은 중국 강남의 남창南昌이란 곳에 있는 유명한 누각이다. 때는 바야흐로 당나라. 왕발王勃이란 젊은 선비가 입신에 실패하여 실의한 채 아버지의 부임지인 교지交趾, 곧 지금의 북베트남 땅을 향해 배를 몰아가고 있었다. 마침 등왕각에서 당대 최고 명사들이 성대한 모임을 연다는 소식이 들려왔다. 하지만 칠백 리 길 떨어진 그곳에 제때 도착하기란 불가능했다. 그 순간 바람이 불어와 왕발의 배를 단숨에 등왕각에 이르게 했다고 한다. 모임에 참여한 왕발은 문장 솜씨를 드러내 일약 당대 최고 문사의 반열에 오르게 된다. 되는 놈은 된다는 대표적 사례가 아닐까?

여기 그 반대 사례가 있다. 북송의 정치가 구래공寇萊公의 집에는 지지리 복도 없는 문사 한 명이 식객으로 묵고 있었다. 그는 노력은 노력대로 다했지만 제대로 풀리는 일이 도통 없었다. 보기 딱했던지 구래공이 제안을 했다. 천복사란 절의 유명한 비석을 탁본해오면 후한 상을 내리겠다는 것. 현재 강서성에 있는 천복사로 가 탁본만 하면 되는 너무나 손쉬운 임무였다. 저물녘 천복사 아랫마을에 도착한 문사는 하루를 묵고 다음날 탁본하기로 작정했다. 허나 하필이면 그날 저녁, 벼락이 떨어져 비석을 두 동강 내버렸다고 한다.

잔인할 정도로 극과 극을 달린 두 인물을 묘사한 인용문은 그 수법이 자못 탁월하다. 무엇보다 여기엔 기이할 정도로 긴장이 없다. 그저 그럴 수도 있겠다는 듯한 심드렁한 태평함과 행운과 불운을

종이 한 장 차이로 관용하는 심미적 관조, 그리고 인생을 각박한 승부로 몰아가지 않으려는 시인다운 넉살이 겹쳐 있다. 그래서인지 인용문은 완성되지 못한 칠언절구의 앞부분처럼도 보인다. 마치 쓰이지 않은 다음 두 구는 독자들이 상상으로 메우라는 듯이. 아마 이런 것이 아니었을까? 왕발은 왕발대로 제법 멋진 삶을 살았고, 성공하지 못해 그저 구래공의 식객으로만 기억된 선비 역시 굴곡진 인생 그럭저럭 잘 살아냈다고. 운으로 세상을 바라보면 우리는 아마 덜 악해질 수 있을 거라고.

14

고요와 정적이 사라져갈 때

완벽히 제어된 침묵에는 자아가 없다. 누군가가 고요 속에 존재하긴 하지만 자아랄 것까지도 없는 누군가일 뿐, 침묵의 주인공은 다만 침묵이다. 자아에 방심할 줄 아는 자만이 침묵을 사랑할 수 있으며 삶이라는 나른한 시간을 제대로 살아낼 수 있다. 삶은 왜 나른한가? 주변 생존 환경에 철저히 종속된 다른 동물들과 달리 인간은 정신의 자유라는 형식으로 본능에서 벗어났고 문명의 안전한 성채에서 고요히 자기를 놓기 때문이다.

자기를 놓은 자, 맹목적 본능으로부터 가장 멀리 떨어진 자만이 자유롭다. 인간이 하는 생각의 대부분은 고상하지 못하다. 그것은 식욕과 성욕 따위의 기본적 본능에 충실한 것들이다. 동물적 욕구와 관계있는 생각들을 다 빼고 나면 인간 사유에 남는 게 뭐가 있을까? 우리는 쉬지 않고 먹을 생각, 이성을 유혹할 생각, 더 부유해질 생각에 잠긴다. 본능에 새겨진 유전자의 기억에 따라 분주히 생체시계를 돌리고 나서 아주 짧은 동안만 문명인인 척 행동하다 잠들게 된다. 인류의 극소수만이 문명인답게 산다.

문명은 침묵에서 온다. 예컨대 가장 아름다운 문명의 형식은 음악이다. 다른 동물의 먹이가 되지 않기 위해 부르짖고 다른 동물을 먹기 위해 크게 벌리던 입을 노래에 사용할 줄 알았던 네안데르탈인은 침묵을 들을 줄 알았다. 침묵을 들을 수 있어야 음악을 이해한다. 그들은 동굴에서 노래했고 노래하는 동안엔 본능을 멈췄다. 본능의 함성이 멈춰야만 세계의 나른한 침묵이 들려오고 침묵을 채울 정신의 자유가 깃든다. 그런데 무서운 사실은 우리가 네안데르탈인의 후손들이 아니라는 것이다. 현생 인류는 노래하는 네안데르탈인을 정복하고 몰살시켰던 포악한 호모 사피엔스의 후손들이다.

〔원문〕

濫想徒傷神(남상도상신), 妄動反致禍(망동반치화).

「安分篇(안분편)」

〔번역문〕

지나친 상상은 그저 정신만 상하게 하고, 망령된 행동은 도리어 재앙을 부르니라.

호모 사피엔스는 동료를 살육하는 걸 즐겼던 최초의 영장류다. 원인은 질투와 성적 경쟁심이었다. 이 살인의 흔적은 인류와 생물학적으로 가장 닮아 있는 침팬지의 행동 특성에서 그대로 드러난다. 침팬지들은 이유 없이 이웃을 공격하여 잔인하게 살해하고 그 시신을 과시적으로 먹는다. 같은 침팬지류 보노보는 사회적으로 발생하는 문제를 해결하기 위해 난잡하게 성교를 맺는다. 그들의 유일한 문제 해결 방식은 무절제한 난교인 셈이다.

과도한 폭력성과 이로 인한 우울, 집단생활의 스트레스를 풀기 위한 반복적 교미, 타인에게 비교 우위를 누리려는 무한 경쟁, 이 모든 것들이 호모 사피엔스로부터 물려받은 현생인류의 특징들이다. 사람들이 침묵을 견뎌내지 못하는 게 너무도 당연하지 않은가? 그렇게 보면 인류가 예술을 발명하고 비록 소수지만 이를 향유했다는 사실은 기적인 것 같다. 세상을 다스리는 이치로 형刑과 법法이 아닌 예禮와 악樂을 주장했던 공자의 가르침 역시 숭고해 보인다.

현대인의 정신생활은 과도한 미래 예측과 그로 인한 불안으로 특징지어진다. 기술문명은 극도로 발전했지만 인류의 영적 발전은 오히려 퇴보해왔다. 그 가장 큰 원인은 결코 줄지 않은 인류의 과격한 공격 본능과 또 이로 인해 강화된 방어 본능에 있다. 공격과 방어에 충실하기 위해선 자기 내부에 강력한 자아를 깨워놓아야 한다. 예민한 자아는 타자와의 갈등 상황에 대처하기 위해 영장류가 발달시킨 최대의 무기다. 이처럼 극도로 예민해진 자아는 타인과의 충돌에서 승리하기 위해 교활한 술수를 개발하고 타인의 불행과 죽음에 무신경해지기 위해 자아 자체에만 이기적으로 집착한다. 자아는 수지타산을 맞추고 미래에 도래할 위험을 방지하기 위해 늘 바쁘다! 늘 바쁜 채로 보이지 않는 적의 위험을 상상하며 불안에 떤다. 불안이야말로 강력한 생물학적 무기가 없는 영장류가 자신의 안전을 담보하는 최후 수단이기 때문이다.

지나친 상상은 정신을 상하게 한다! 현대인의 지나친 상상은 과도하게 예민해진 자아가 불길한 적이라 지레짐작한 타인들, 그리고 그 타인들이 미래에 벌일 공격에 대비하기 위해 스스로 발명해낸 것이다. 미리 상상하고 미리 불안해하며 지켜내야 할 게 도대체 뭐란 말인가? 자아의 방어 활동이 왕성해질수록 인류는 더 불안해지고 덜 행복해진다. 알베르 카뮈의 『이방인』의 주인공 뫼르소는 그저 강렬한 태양빛에 홀려 살인을 저지른다. 그는 무언가에 쫓기고 항상 외부와 단절돼 있다. 어머니의 죽음조차 그의 불안과 초조를 멈추게 하지 못한다. 이 미증유의 실존적 불안은 카뮈의 다른 소설 『페스트』 속에서는 창궐하는 전염병으로 은유되어 출현한다. 현대인들은 불안의 전염병에 감염되어 있다!

고요와 정적을 상실한, 그래서 예술을 잃어버린 인류는 늘 불안해하며 의미 없는 불길한 상상 속에 삶을 낭비하고 있다. 그 의미 없는 상상은 마침내 망령된 행동으로 귀결될 것이다. 재앙을 불러일으킬 망령된 행동, 그것은 자신을 과잉보호하려다 지나치게 강화시킨 자아가 꾸민 편집증적 상상의 소산이다. 풍선처럼 부푼 자아는 누군가에게 공격당할까 노심초사하며 방어 돔을 구축한다. 자아의 넘치는 상상력은 마침내 불안의 원인인 구체적 적을 창조해내리라. 인류에게 공적公敵이 존재한다고 믿는 한 과밀화된 자아의 불안은 어쨌든 해소할 곳을 찾을 수 있기 때문이다. 따라서 인류 최후의 망령된 행동은 제3차 세계대전이 될 수밖에 없다.

15

만족해야 할 순간에 만족하고자 할 때

을지문덕 장군의 「여수장우중문시與隋將于仲文詩」는 우리나라 최초의 오언고시로 유명하다. 7세기 초엽 수양제隋煬帝에 의해 파견된 수나라 대군은 고구려 정벌을 위해 빠른 속도로 동진하고 있었다. 당시 수나라 군대 선봉을 담당한 장수 가운데 한 명이 바로 우중문于仲文이었다. 을지문덕은 거짓 항복으로 수나라 군영을 혼란에 몰아넣고 다른 한편으론 훗날 살수대첩으로 알려질 전투를 대비해 비장의 전략을 짜놓고 있었다. 우중문에게 준 아래의 시는 적장의 심리를 살짝 뒤흔들고 아군의 함정 전략 안으로 상대를 유인하려는 의도를 담고 있다.

神策究天文(신책구천문) 신기한 계책은 하늘의 무늬를 다하였고
妙算窮地理(묘산궁지리) 절묘한 계산은 땅의 이치를 다하였나니
戰勝功旣高(전승공기고) 싸워 이긴 공 이미 높은데
知足願云止(지족원운지) 만족할 줄 알아 이만 그치기를 바라노라

「수나라 장수 우중문에게 주다」라는 제목의 이 시는 형식적 완성미도 그렇지만 특히 한시의 기격氣格 면에서도 탁월하다. 앞의 두 행까지는 우중문의 장수로서의 미덕을 한없이 칭송하고 있다. 하늘의 별자리로 기후를 비롯한 천하 운행의 원리를 알고 땅의 지형지물을 활용해 전술에 응용할 수 있는 자, 바로 제갈공명 같은 인물이 아니겠는가? 하지만 그런 명장이 나아갈 때와 물러날 때를 모른다면 어쩌겠는가? 장수로서 갖출 수 있는 건 다 갖추었으면서도 오직 하나, 진퇴의 때를 가릴 줄 모른다면 어쩌겠는가? 시의 후반부는 바로 그런 의심, 전투 상황에서 승세의 절정기가 이미 지났을지도 모른다는 적장의 자기 의심을 촉발시킨다.

어떤 전투도 일진일퇴가 있게 마련이다. 무조건 밀고 들어가 일전에 승부를 결정짓는 일은 흔치 않다. 아무리 약한 적도 최소 한 차례 이상은 승기를 잡는다. 상대가 승기를 잡았을 때 정면 승부를 거는 건 병법가가 피해야 할 가장 어리석은 짓이다. 상대의 승기는 회피하고 아군이 승기를 잡았을 땐 건곤일척乾坤一擲의 승부를 거는 게 장수의 역할이다. 우중문은 파죽지세로 을지문덕 군진을 향해 내달려왔다. 큰 저항 없이 잦은 승리를 거뒀다는 것은 전술상 오히려 불안한 것이다. 때문에 훌륭한 무도가는 자신의 작은 기술들이 잘 먹히는 그 순간이 위기임을 알아채고 외려 뒤로 물러선다. 전진 스텝 두세 번 뒤엔 반드시 후진 스텝을 밟아야 한다. 만족할 때를 제대로 알지 못하면 다 잡은 적을 놓치거나 다 잡았다고 생각했던 적에게 사로잡힌다.

〔원문〕

知足常足(지족상족), 終身不辱(종신불욕), 知止常止(지지상지), 終身無恥(종신무치).

「安分篇(안분편)」

〔번역문〕

만족해야 할 때를 알아 항상 만족한다면 평생 욕될 일이 없고, 그쳐야 할 때를 알아 항상 그친다면 평생 부끄러울 일이 없다.

언뜻 병법과 무관해 보이는 위 인용문은 가장 병가적인 지침을 담고 있다. 먼저 만족함을 안다는 것은 어떤 상태를 어느 선까지 지탱할지 결정할 수 있는 평형감각이다. 얼마만큼 먹을지, 언제까지 머물지, 혹은 어디까지 밀어붙일지 등을 결정하는 것은 향유의 한계를 설정할 수 있는 평형감각인 것이다. 그리고 그런 감각이 만족하라는 신호를 보내면 즉시 심리적 행동으로 실천하여 그냥 만족하면 된다. 그냥 그 자리에서 만족하라! 만족의 끝을 보기 위해 한 발 더 나가려는 위악적 근성과 오만을 내려놓아라. 이게 병가 사상이 아니라면 무어란 말인가?

다음 단계에선 심리적 실천인 만족스러움을 물리적 실천으로 구현해야 한다. 마음으로는 그만 만족하라는 심리적 평형기관의 신호가 들려왔음에도, 게다가 실제로 저 자신 이미 충분히 만족했음에도 이상한 관성에 이끌려 이를 행동으로 잇지 못하는 경우가 있다. 분명 배를 가득 채웠고 더이상 식욕이 없음에도 불구하고 먹는 행위를 멈추지 못하는 상황을 생각해보라. 이것은 만족할 줄 모르는 게 아니라 만족했음을 알고 있지만 이를 멈추는 행동으로까지 연결하지는 못하는 경우다. 왜 그럴까?

만족스러운 감정과 자기를 만족스럽게 했던 일을 멈추는 행동은 당연히 연동되어 있을 것 같지만 실상은 그렇지 않을 때가 많다. 다디단 사탕을 빨던 아이는 주위의 사탕을 다 빨아먹을 때까지 좀체 멈추지 않는다. 어른들 역시 기본적 욕망을 적정선까지 채우고도 조금 더 채워 한계를 넘기려는 경향이 강하다. 만족을 아는 '인식'과 만족을 주던 행동을 그칠 줄 아는 '실천' 사이에 괴리가 존재하는 것이다. 이것은 인간만이 지닌 독특한 욕망의 속성, 실제적 만족보다는 만족의 기호記號를 무한히 재확인하려는 속성 탓이다.

만족할 줄 알아서 적절한 시점에 멈추는 지혜는 철저히 자기 자신을 통제할 수 있는 사람만이 실천할 수 있다. 자신의 육체를 잘 단련한 사람만이 몸이 보내는 만족의 신호를 예민하게 깨닫고 과잉된 행동을 즉시 중지한다! 마음의 경우도 마찬가지다. 마음을 잘 수련하여 조절할 수 있는 자만이 절제의 미덕을 보여줄 수 있다. 절제란 욕망의 구체적 대상과 그 대상이 추상화된 가상假象으로 전환된 기호를 철저히 구별할 줄 아는 능력이다.

이처럼 욕망의 구체적 대상은 일정 선에서 만족을 가져다주지만 그것이 환상적 형태로 이상화된 기호는 결코 만족을 주지 않는다. 먹을거리로서의 햄버거는 어느 정도 먹으면 포만감을 주지만 기호로서의 맥도널드 햄버거는 배를 채우고도 뭔가가 부족하다는 공복감을 계속 불러일으킨다. 마찬가지로 정복의 대상이 구체적 땅이라면 전쟁은 어느 시점에서 그치겠지만 정복의 목표가 정복 그 자체일 때 전쟁은 파국에 이를 때까지 멈추지 않는다. 욕망의 대상이 구체적 여성이 아니라 여성이라는 기호 일반이기에 죽음에 이르도록 바람기를 멈출 수 없는 엽색가처럼, 승리에 목마른 장수는 승리 그 자체를 찾아 맹목적으로 진군한다. 따라서 현명한 장수라면 승리의 의미를 현실적으로 제한할 줄 아는 절제력을 갖춰야 한다. 수나라로서는 매우 불행한 일이었지만 우중문에게는 그런 미덕이 없었다.

16

패자라고 느껴질 때

그리스의 철학자 디오게네스를 모르는 사람은 별로 없을 것이다. 그를 가리켜 견유주의자犬儒主義者라 일컫기도 하는데 디오게네스가 스스로를 개라고 부른 데서 유래했다. 그는 큰 통나무를 광장에 가져다놓고 그 안에서 살았다. 마침 인도 정복에 나서려던 알렉산더가 그를 찾아왔다. 몇 번의 대화가 오가고 세상의 모든 문화적 가치와 도덕률을 무시하는 이 은자에게 호기심을 느낀 알렉산더가 소원을 대보라고 했다. 디오게네스는 햇빛을 가리지 말고 옆으로 조금 비켜달라고 대답했다.

알렉산더와 디오게네스. 한 명은 온 세계를 정복하려는 왕이요, 다른 한 명은 말이 철학자지 실상은 거지에 불과했던 기인이었다. 이런 어울리지 않는 한 쌍의 조합은 동양에서도 찾아볼 수 있다. 후한을 세운 광무제光武帝와 그의 어릴 적 친구인 엄광嚴光. 한 사람은 천하를 얻은 황제였지만 다른 한 사람은 시골의 가난뱅이 낚시꾼에 불과했다. 그럼에도 먼저 만남을 원한 건 광무제였고 그 역시 알렉산더처럼 엄광에게 호의를 보이고자 했지만 끝내 거절당한다. 엄광은 광무제의 권위를 철저히 무시했고 그저 옛 친구로 남기를 원할 뿐이었다.

두 이야기 사이에는 핵심적인 공통점이 있다. 현실에서 극도로 성공한 이가 자신의 성공 기준에서 보면 지독한 패배자에 불과할 인물로부터 인정받지 못한다는 점이다. 그들은 자신의 위엄에 걸맞지 않은 혹독한 방식으로 관계를 거절당한다. 이를 두고 현실의 권력은 보잘것없는 것이요 내면의 자유만이 진정한 축복이라고 해석하는 이들도 있다. 하지만 사태를 냉정하게 바라보자. 알렉산더와 광무제는 역사에 공식 기록된 최종 승자였고 디오게네스와 엄광은 알렉산더와 광무제라는 영웅과의 인연 덕으로 겨우 기억되는 존재들 아닌가! 게다가 그들에 대한 기억이라곤 그저 설화적인 이야기 조각들에 불과하다. 정직히 얘기하자면 그들은 역사의 패자들일 뿐이고 그들에 대한 일화들은 결국 세상의 패자들을 위로하기 위한 패자 예찬론이 아닐까?

〔원문〕

萬事分已定(만사분이정), 浮生空自忙(부생공자망).

「順命篇(순명편)」

〔번역문〕

모든 일에 분수가 이미 정해져 있거늘, 덧없는 인생이 부질없이 저 혼자만 바쁘구나.

『명심보감』은 성공적인 삶에 필요한 처세에 대해 주로 많이 언급한다. 하지만 이와 반대로 구태여 성공에 목맬 필요 없이 자신이 처한 상황을 분수로 알고 유유자적 살아가라는 언급도 적지 않다. 서로 모순적인 두 충고가 하나의 책에 공존하는 이유는 이 책이 지닌 혼합적 성격, 즉 세상의 모든 부류들에 두루 통할 지혜를 다 모은다는 취지 때문이기도 하다. 그런데 인생에 있어 성공과 실패가 갖는 의미를 깊이 따지다보면 이와는 다른 생각에 도달한다.

위 인용문은 세상 모든 일엔 정해진 전체 몫이 있어 사람이 억지로 변화시킬 수 없다는 관점을 내세우고 있다. 이를테면 돈이건 행복이건 사랑이건 사람들에게 분배될 수 있는 총량엔 제한이 있다. 이 총량을 억지로 늘릴 수 없는 한 한 개인이 아무리 발버둥쳐봐도 어느 한도 이상 자기 몫을 챙기는 건 불가능하다. 말하자면 우주엔 분배 가능한 자원의 양이 미리 정해져 있기에 각 개인이 자기 몫으로 끌어올 수 있는 양도 정해져 있다는 뜻이다. 아무리 돈이 많은 사람도 평생 소비할 수 있는 금액은 정해져 있고 이를 초과하려 들 땐 재앙이 찾아온다. 마찬가지로 아무리 행복과 사랑을 많이 누리는 자라 해도 백 명 또는 천 명 몫의 사랑과 행복을 향유할 순 없는 법이다. 한 인간이 어떻게 천 명과 동시에 사랑을 할 수 있단 말인가?

결국 세상엔 우주에 존재하는 전체 총량 가운데 비교적 더 많은 몫을 차지하는 사람과 비교적 더 적은 몫을 차지하는 사람이 있을 뿐이다. 이러한 몫의 분배 과정에서 가급적 더 차지하기 위한 노력을 반영하고 있는 것이 『명심보감』의 성공을 위한 처세술 부분이다. 반면에 몫의 배분이 어느 정도 안정되고 나면 자기 몫을 억지로 늘

릴 수 없기에 이를 분수로 받아들여 편안히 살라는 권고가 바로 위의 인용문이다. 세상 모든 사람들이 성공하고 모든 사람들이 정승자리에 오를 수는 없는 법이다. 자기 몫을 늘려보기 위해 최선은 다하되 자기에게 돌아올 수 있는 몫에 한계가 있음도 투철히 깨달아야 한다.

결국 노력만 하면 자기 몫을 무한히 부풀릴 수 있는 게 아니기에 우리는 생의 어느 단계에서 더 많이 차지하기를 포기해야 한다. 그건 이번 인생에 내게 할당된 몫은 아니었던 것이다. 또한 설령 아무리 많이 차지했다 하더라도 그 모두를 자기 몫으로 즐길 수는 없음을 알아야 한다. 황금을 태산처럼 쌓아놓아도 자기 인생에 의미 있게 소비할 수 있는 양은 한줌일 뿐이다. 이렇게 보면 세상의 성공과 실패는 모두 상대적인 것이고, 다소 더 성공했다 할지라도 개인이 평생 누릴 몫엔 한도가 있음을 알 수 있다.

그럼 매우 시적인 인용문의 후반부, 덧없이 뜬 인생이 부질없는 노력을 한다는 뜻은 무엇일까? 두 가지로 나눠볼 수 있다. 조금 덜 가진 자들은 더 가진 자들의 몫을 빼앗아오기 위해 부질없이 노력한다! 그들은 자기 몫에 안주하지 못해 더 성공한 자들 쪽을 향해 죽을 때까지 전진한다. 하지만 성공의 총량에 한도가 있기에 이미 성공한 자들을 부당한 방법으로 꺾지 않고는 실패할 도리밖에 없다. 한편 조금 더 가진 자들은 거기서 조금이라도 더 가져보려고 의미없이 안간힘 쓰거나, 지나치게 많은 자기 몫을 이번 인생에 죄다 누리고 죽으려 과욕을 부린다. 고로 더 성공하고 더 많이 가진 자들은 자기 몫을 덜어 부족한 사람들과 나누지 않는 한 자기에게 찾아온 그 과도한 몫의 무게에 압사해버리고 말 것이다.

마침내 디오게네스와 엄광이 우리에게 전하는 메시지는 이렇다. 우리의 무한한 욕망만큼이나 우리에게 허용될 수 있는 몫이 무한하지 않는 한 우리는 결국 모두 패자다. 그러므로 잠시의 성공에 영원을 바라지 말고 항상 부질없는 생의 유한함을 기억하라! 죽음에 패배한 알렉산더와 광무제도 결코 완전한 승자는 아니었다.

17

결핍감이 느껴질 때

공자의 제자 가운데 원헌原憲만큼 가난했던 사람도 없었다. 그는 인적조차 드문 빈민촌에 우거하며 여생을 보냈다. 마침 공자가 배출한 제자 중 으뜸가는 부자였던 자공子貢이 근처를 지나가다 옛 사우師友인 원헌의 집을 방문했다. 너무나 초라한 상대 행색 때문인지 자공의 표정에 당혹스런 기색이 역력했다. 머쓱해진 자공이 혹 어디가 아프시냐고 넌지시 물었고 이에 원헌이 냉연히 대답했다. "가난이 병이 아니라 도를 배우고도 제대로 실천하지 않는 게 병이라네!" 크게 한 대 얻어맞은 자공은 이 일을 평생 부끄러워했다.

지나친 혈기로 공자에게 늘 꾸지람만 듣던 자로子路도 가끔 스승으로부터 인정받을 때가 있었다. 스승이 칭찬한 자로의 장점은 부귀함에 주눅들지 않는 패기였다. 그래선지 값비싼 담비가죽옷을 입은 부자와 나란히 서도 결코 기죽지 않을 거라는 공자의 호평이 『논어』에 남아 있다. 그만큼 가난의 극복은 삶의 정신적 승리를 확인하는 사건이었다. 따라서 공자가 자신이 기른 최고의 제자로 가난에 편안해하고 도를 즐길 줄 알았던 안회顔回를 꼽은 건 너무도 당연했다. 어쩌면 공자 학단의 최종 목표가 가난을 받아들이고 마침내 이를 극복하는 것이었다 할 수도 있으리라.

가난은 비천한 삶을 초래하며 자신감을 치명적으로 훼손시킨다. 그러므로 부자나 가난한 자나 하루 세끼 먹는다는 점에선 평등하다고 하는 말은 거짓이다. 가난한 자는 세끼조차 제대로 먹지 못한다. 제대로 먹지 못하며 인간성을 지킬 수 있는 자는 그리 많지 않다. 인간의 동물성을 절감케 하는 실존 상황이 바로 배고픔 아니던가? 결국 배고픈 가난을 이겨냈다는 것은 자신의 동물성을 이겨냈다는 뜻이다.

〔원문〕

知足者(지족자), 貧賤亦樂(빈천역락), 不知足者(부지족자), 富貴亦憂(부귀역우).

「安分篇(안분편)」

〔번역문〕

만족할 줄 아는 사람은 가난하고 천해도 즐겁지만, 만족을 모르는 사람은 부유하고 귀해져도 근심스럽다.

만족이란 무엇인가? 원하던 결핍을 충분히 채웠다는 뜻일 게다. 그럼 만족은 어떻게 자각되는가? 포만감을 통해서다. 채울 만큼 채웠다면 그 이상의 욕망은 사치가 된다. 문제는 인간이 도달코자 갈망하는 궁극의 것이 실은 사치란 사실이다. 따라서 결핍이 사라져도 욕망은 지속된다. 왜 하필 사치일까? 욕망이 자기 안의 결핍만을 겨냥하지 않고 타인의 욕망까지 겨냥하기 때문이다. 자신의 배고픔은 채워졌을망정 음식을 산처럼 쌓아놓고 타인들의 부러움의 대상이 되고자 하는 인정認定의 배고픔은 여전히 채워지지 않은 것이다. 이렇게 사치는 타인의 시선을 의식한 과시의 욕망이다.

만족할 줄 아는 사람은 욕망 자체가 없거나 비정상적으로 작은 사람들이 아니다. 그들에게도 욕망은 있고 심지어 그게 절실할 수도 있다. 그러나 그들에겐 사치가 없다. 자신의 결핍이 남들에게 어떻게 보일지 염려하지 않으며, 간혹 무언가가 넉넉히 생겨도 이를 과시해 자랑할 마음이 없다. 남으면 버리거나 필요한 사람에게 주면 그뿐이다. 이 점은 매우 중요하다! 만족할 줄 아는 사람이 비정상적인 금욕가, 이를테면 굶주림을 즐기거나 무작정 결핍을 견디는 자가 아니라는 사실 말이다. 그렇게 되면 만족할 줄 아는 자란 그저 활력 없는 무능력자와 구별되지 않을 것이다.

만족을 아는 사람은 결핍을 최소한의 것으로 채운다는 점에서 매우 효율적으로 사는 자이며, 남는 것들을 축적해 과시하지 않는다는 점에선 베풀 줄 아는 자이다. 결핍이 쉽게 채워지기에 불필요한 욕망에 괴롭지 않고, 홀로 소유하기보다 타인들과 나누기에 삶에 즐거움이 깃든다. 삶의 행복이란 사회적 관계로부터 찾아오기에 나누고 베풀수록 우리의 삶은 풍요해질 것이다. 인용문에서 말한 빈천함이 즐거움으로 변하는 기적이란 이런 것이다.

반대로 만족을 모르는 자, 욕망의 타깃이 결핍에서 사치로 확장돼 버린 자는 무한한 결핍에 시달린다. 굶주림은 해결될지라도 남들의 인정과 부러움에 대한 공복감은 영원하기에 그들은 항상 분주히 무언가에 쫓기며 결핍감에 시달린다. 또한 죽음에 이르도록 현재 자신의 모습에서 결핍만을 보기에 사치와 향락에 빠져 살면서도 그들은 늘 불안하다. 그 불안의 기원은 결핍의 기원을 자기 내부에서가 아니라 타인의 시선에서 찾는 데에 연유한다.

타인의 시선을 필요로 하는 한 누구도 자신의 삶을 스스로 통제하지 못한다. 타인들이란 변덕스러워 언제든 부러움과 선망의 시선을 거둬들일 태세를 갖추고 있다. 말하자면 타인이란 변덕스러운 불투명함이며 잠재적 경쟁자다. 그들을 대상으로 압도적인 존재감을 누리기 위해선 끝없이 과시하며 자신의 여유를 증명해야만 할 것이다. 그게 가능하겠는가? 결국 불가능한 증명을 계속하게 만드는 이 악순환을 끊지 못하는 한 삶엔 보람이 없고 무궁한 결핍만이 난무하게 된다. 이때의 부귀함이란 평생 지고 가야 할 불안의 짐덩어리에 지나지 않는다.

인용문의 '만족을 모르는 사람'을 뜻하는 '부지족자不知足者'의 글자 순서 하나만 바꾸면 이 문장의 새로운 의미가 드러난다. 즉 부정사를 '알다'라는 동사에 걸지 않고 '만족'이라는 명사에 걸면 '지부족자知不足者'가 된다. '부족함을 아는 자'란 뜻이다. 만족을 모르는 자도 실은 만족함의 기준을 알고는 있다. 따라서 그는 인식의 무능력자가 결코 아니다! 그 역시 자신이 만족했음을 잘 알고 있지만 마치 이를 모르는 자처럼 행동할 뿐이다. 왜일까? 자신에게 아직 부족한 면들을 지나칠 정도로 예민하게 포착해 알기 때문이다. 자신의 부족함을 자신의 내면에서 찾을 수 있다면 좋겠지만, 불행히도 이들은 그것을 외부에서, 타인들의 시선에서 찾는다. 타인들의 관점에서 그들은 아직 너무 부족하다! 때문에 가지면 가질수록 불안하고 불행해지는 모순은 자신의 부족함을 엉뚱한 외부의 기준에서 찾는 기이한 도착倒錯에서 시작된다.

18

기쁨을
얻고자 할 때

부드러움이 강함을 이긴다는 노자의 사상에서 출발한 운동이 유도柔道다. 탄력 있게 휘는 유연한 유도 동작은 직선으로 밀고 들어오는 상대의 강한 힘을 역이용해 이를 간단히 제압한다. 노자는 이 밖에도 상식을 깨는 충격적인 역발상을 많이 주장했다. 낮고 아래에 있는 것이 높고 위에 있는 것보다 훌륭하다거나, 텅 빈 것이 꽉 찬 것보다 풍요롭다거나, 사람이 많이 알면 알수록 더 어리석어진다거나 하는 것들이 그렇다. 이처럼 관습적으로 고정된 기존 관념을 뒤집음으로써 사람들이 놓친 이면의 다른 진실을 역설적으로 드러내는 게 노자의 장기였다.

노자식의 논리에 따르면 우리가 즐거움과 쾌락을 열망하면 할수록 오히려 고통과 불행 앞에 다가가게 된다. 왜 그럴까? 가령 삶이 기쁨으로만 충만한 것이었다면 애초 수많은 종교는 불필요했을 것이다. 우리는 다양한 역경들을 통과하며 수고롭고 노곤한 한 인생을 살아낸다. 그 와중에 달콤한 쾌락은 잠깐의 휴식 시간처럼 아주 조금 주어질 뿐이다. 그렇다면 우직하게 고통을 겪어내는 것, 삶의 수고로움을 정직하게 통과해가는 것이야말로 진정한 기쁨의 원천이라 할 수 있다. 고역스런 삶의 실체를 외면하고 이를 회피하기 위해 잔재주를 부리거나 눈앞의 단말마 같은 쾌락만을 추구하는 순간, 우리는 더 깊고 어두운 고통에 빠지게 된다.

이러한 고통과 쾌락의 역설적 위상을 노자의 어법으로 표현한 구절 하나가 『명심보감』에 전해온다. 물론 노자가 한 말은 아니다. 차라리 이 말의 출처가 애초 『도덕경』으로 표기됐었다면 이와 흡사하지만 의미가 딴판인 노자의 다른 말에 현혹된 수많은 오독도 없었을지 모른다. 이제 아래의 인용문을 읽어보자. 공교함과 졸박함이라는 대립쌍을 괴로움과 즐거움이라는 다른 대립쌍에 연관시킨 기발한 구절이다.

〔원문〕

巧者拙之奴(교자졸지노), 苦者樂之母(고자낙지모).

「省心篇(성심편) 上(상)」

〔번역문〕

공교함은 졸박함의 노예이고, 괴로움은 즐거움의 어미이다.

공교함이란 무언가를 기술적으로 잘 다루거나 효율적으로 처리하는 능력을 의미한다. 칭찬의 뜻으로 쓰인 경우다. 하지만 부정적인 뜻으로 쓰일 경우 의미가 조금 달라진다. 공교로움은 반드시 거쳐야 할 절차나 과정을 건너뛰거나 문제의 본질은 미봉한 채 성과

에만 급급한 태도를 지칭하기도 한다. 기교가 넘치고 임기응변에 뛰어난 영리한 자들은 정작 중요한 본질적 국면들은 건너뛰는 것이다. 물론 이런 대범한 무신경은 벼락같은 성공을 몰고 오기도 한다. 그러나 기반이 허약하기에 그 성공은 늘 불안한 기초 위에 위태로우며 실제 대부분 비참한 몰락으로 귀결되곤 한다.

공교함이 졸박함의 노예라는 수수께끼 같은 말의 뜻은 무엇인가? 졸박함이란 나쁘게 해석하면 재주 없고 미련한 성품을 뜻하지만 좋게 풀면 미련할 정도로 정직하고 성실한 태도를 가리킨다. 때문에 동양의 유명한 문인들은 자신들의 당호堂號에 즐겨 '졸拙' 자를 넣곤 했다. 비록 미련하고 어수룩해 보이나 내면에 차돌처럼 단단한 성실함이 담겨 있다는 좋은 뜻 때문이었다. 그렇게 보면 잔재주 잘 피우는 공교함은 단기적으론 우월해 보이지만 결국 졸박함에 의해 추월되고 제어될 것이다. 그래서 잔재주는 우직함의 노예다.

인용문의 두번째 구절은 공교함과 졸박함의 역설을 인생철학의 경지로 승화시키고 있다. 고통이 즐거움의 어미라는 말은 어떤 의미일까? 어미란 자식을 낳는 존재다. 그렇다면 고통이 즐거움을 낳는다는 뜻인데, 고통 없이는 즐거움 또한 있을 수 없다는, 아니 고통이야말로 즐거움을 빚는 근원이라는 통찰이 그 안에 담겨 있다. 예컨대 하루종일 밭에서 땀 흘려 농사지은 농부는 저녁에서야 달콤한 휴식을 얻는다. 그는 고통스러운 낮의 노동을 통해 마음껏 발 뻗고 잘 수 있는 밤의 안락함을 얻었다. 그런데 밤의 편안과 낮의 노동은 서로 모순된 정반대 상황일까? 언뜻 그렇게 보이나 실상 노동과 휴식은 상보적인 관계를 맺고 있다. 노동 없는 휴식은 참 휴식이 아니며 충만한 성취감과 만족감을 주지도 못한다. 오직 고통을 동반한 수고가 함께할 때 그 결과로서 진정한 기쁨이 잠시 찾아온다.

노동만이 그러한가? 운동 역시 그렇다. 마라톤 완주의 기쁨은 몇 시간에 이를 극도의 고통을 인내해야 비로소 만끽할 수 있다. 등산도 그렇고 수영도 그렇다. 더 나아가 우리네 인생 자체가 길고 긴 수고와 그 사이 짧은 기쁨들로 이뤄져 있다. 그 사실을 엄숙히 인정해야 한다. 따라서 고통을 미루고 피하려는 공교로운 태도는 고통을 받아들이고 다 겪어내려는 정직한 졸박함의 노예다! 노예는 주인을 이기지 못할뿐더러 저 스스로 기쁨을 생산할 창조력도 갖추지 못했다. 잔재주로 얻은 기쁨이 또다른 기쁨을 연이어 만드는 걸 본 적 있는가? 그것이 잠시의 환락은 주겠지만 그와 아울러 긴 허탈함과 초조한 불안을 조성하게 될 것이다.

삶의 주인 된 사람만이 인생의 모든 고통에 책임감 있게 직면한다. 그리하여 고통을 이겨내고 궁극의 기쁨을 얻는다. 반면 삶의 주인이길 포기한 어리석은 노예는 양심이라는 주인의 눈을 피해 잔재주를 부리고 당장의 고통을 피하기는 하지만 끝내 진정한 기쁨을 맛보지 못한다. 노예의 기쁨은 부정직한 기쁨이며 과정을 생략한 실속 없는 기쁨이기에 시간이 지날수록 부패하며 노예의 삶에 독이 된다. 고진감래苦盡甘來란 말이 그래서 생긴 것이다.

19

남을 탓하려는 마음을 다잡을 때

뉴욕 양키스의 에이스 투수 다나카 마사히로는 초인적 투구 능력으로 일본 야구계를 평정하고 난 직후인 2014년 봄 메이저리그에 진출했다. 물론 천문학적 이적료에 걸맞을 만큼 그의 어깨가 건재할 것인지에 대한 의혹이 일기도 했다. 투수의 팔은 무쇠가 아니라서 가동 가능한 생체적 한계 시간이 명확하다. 양키스 스카우터와 단장에겐 사무라이 정신으로 몸을 혹사한 이 불세출의 천재 투수가 한 삼 년만 제대로 던져줘도 손해는 아니라는 셈법이 있었을 것이다.

다나카는 메이저 진출 첫해 12승 고지를 밟자마자 부상자 명단에 이름을 올렸다. 팔꿈치 인대 손상 탓이다. 스플리터 구종을 던지는 투수가 일정 한계를 넘겨 팔을 무리하면 찾아온다는, 야구계에선 이미 잘 알려진 재앙이었다. 아픔을 참고 던지다 아예 팔을 망가뜨릴 게 아니라면 유일한 대안은 인대를 접합하는 토미 존 수술을 받는 것뿐이다. 하지만 이 수술을 받은 투수 상당수는 옛 구위를 회복하지 못하고 평범한 투수로 전락하거나 힘든 좌절의 시간을 보낸 뒤

기교파 투수로 변신해야 했다. 선수 생명이 끝났다는 뜻이다.

다나카와 상이한 길을 걷는 투수가 있다. 바로 류현진이다. 류현진은 한국에선 강속구 투수였지만 93마일 정도 던지는 투수가 평범해 보이는 메이저리그에선 기교파에 더 가까웠다. 그는 95마일 이상의 속구를 거의 뿌리지 못한다. 대신 구속에 변화를 주는 체인지업을 주무기로 삼아 데뷔 첫해에 생존하더니, 2014년엔 빠른 슬라이더와 예리한 커브를 섞어 던져 메이저리그 2년차 징크스를 보기 좋게 깨버렸다. 자기의 육체적 한계를 고려치 않고 힘을 힘으로 상대해 제압하려던 다나카의 선택과 크게 대조된다.

〔원문〕

不恨自家汲繩短(불한자가급승단), 只恨他家苦井深(지한타가고정심).

「省心篇(성심편) 下(하)」

〔번역문〕

내가 가진 두레박 끈 짧은 건 탓하지 않고, 그저 남의 집 마른 우물 깊은 것만 탓하는구나.

누구나 결코 극복할 수 없는 자기 능력치의 한계점이 있게 마련이다. 이 지점은 노력만으로 당장 극복되지 않는다. 자기 능력에 맞게 주변 환경을 바꾸거나, 혹여 그럴 수 없다면 다른 수단으로 부족한 능력을 보완해 환경에 적응해야만 한다. 더이상 강속구 투수가 아니게 된 류현진의 영리한 선택이 그런 경우다. 그는 엄청나게 강한 메이저리그 타자들의 힘과 빠른 배트 스피드를 낮게 낮게 제구해 맞춰 잡으면서 극복해갔다. 그렇게 대량실점 위기를 꾸역꾸역 막아내며 자신이 상대할 타자들과 어떻게 심리전을 펼쳐야 하는지 몸으로 터득할 시간을 벌었다.

다나카의 몰락에 대해 어떤 일본 프로야구팀 감독은 메이저리그 공인구의 미끄러운 재질을 한 원인으로 지목했다. 포크볼을 결정구로 쓰는 일본 투수에게 이 구질은 독약이 되어 돌아온다는 것이다. 그립이 좋지 않아 팔꿈치를 더 심하게 뒤틀어야 하고 이로 인해 결국 인대가 나가버리기 때문이다. 하지만 일본 최고 투수였던 다나카가 일본과 미국 공인구의 실밥 차이를 몰랐을까? 그럴 리가 없다. 알면서도 대처하지 않은 것이다. 아니, 그럴 필요를 느끼지 못할 정도로 오만했던 것이다. 마운드에서 산화하겠다는 무사의 오기를 지닌 이 투수는 메이저리그라는 무대를 자기에게 맞추려고 작정한 채 무지막지하게 몸을 혹사했고 그렇게 열두 번을 압도적으로 이겼다.

다나카에게 밝은 미래가 돌아오길 빌지만 열두 차례의 승리를 위해 그가 버린 원칙은 돌이키기 어려운 재앙을 초래할 것 같다. 어떤 원칙인가? 자신의 한계가 어디까지인지 항상 깨닫고 그것을 돌파할 것인지 우회할 것인지 현명하게 결단하라는 것! 내가 내린 두레박줄이 짧았을 때 마른 우물이 너무 깊다고 아무리 한탄한다 해도 끝내 우물물을 마실 수는 없는 법이니까.

20

내 마음속 하늘에 귀기울일 때

중국의 고대 왕국 은殷나라는 조상신을 섬겼다. 그들이 신 중의 신으로 떠받든 상제上帝 역시 조상신이 강화된 형태에 불과했다. 따라서 인격신에 가까웠던 상제의 뜻을 살피기 위해서는 특별한 방법이 필요했다. 거북이 등껍질에 궁금한 내용을 적고 이를 불에 구워 갈라진 모양을 통해 길흉을 점치던 점복이 대표적이다. 점복에 사용된 거북 등껍질 일부가 20세기에 발견돼 중국 고대문명과 문자 연구에 일획을 그었으니 이를 갑골문甲骨文이라 부른다.

갑골문으로 상징되는 조상신 숭배 사조가 소멸된 건 주周나라가 들어선 뒤부터였다. 주나라는 은나라의 흔적인 귀신 숭배를 척결하고 만물을 주재하는 보이지 않는 섭리인 천명을 내세웠다. 인격적 요소가 전혀 없었던 천명은 초월적 존재로서 특별히 누군가를 편애하지 않았다. 그것은 보편성과 객관성을 갖춘 도였다. 은나라 후손으로서 주나라 문화를 선양하는 데 온 생애를 바친 공자가 믿었던 게 바로 이 도였다.

공자가 믿었던 천도에 강렬한 의문을 제기했던 인물이 한나라의 사마천司馬遷이다. 사마천은 『사기』의 「백이숙제열전伯夷叔齊列傳」에서 악인이 승리하고 선인이 패배하는 현실을 개탄하며 과연 천도가 존재하는지 물었다. 그의 결론은 천도가 반드시 있다고 단정할 순 없다는 것. 때문에 현실의 선과 악에 대한 올바른 평가를 후세에 남김으로써 하늘을 대신해 천도를 실현할 최후의 존재로서 역사가를 제시하게 된다. 이처럼 역사 정신이란 인격신이 사라진 세계에서 인류가 여전히 도덕적으로 살아야 할 근거를 끌어낼 마지막 원천이었다. 하지만 그 역사마저 왜곡된다면, 역사가들마저 승자에 붙어 어용학자로 타락해버린다면 어쩌겠는가?

〔원문〕

康節邵先生曰(강절소선생왈), "天聽寂無音(천청적무음), 蒼蒼何處尋(창창하처심), 非高亦非遠(비고역비원), 都只在人心(도지재인심)."

「天命篇(천명편)」

〔번역문〕

강절선생 소옹이 말했다. "하늘의 듣는 방식은 조용하여 소리도 없나니, 푸르디푸른 하늘 어디에서 찾으랴? 높지도 멀지도 않은 곳에 있나니, 그 모두가 단지 사람 마음에 있을 뿐이네."

북송의 학자 소옹邵雍은 인류의 윤리적 삶의 감시자를 외부의 존재, 즉 상제와 같은 인격신이나 직필을 사명으로 삼는 역사가에서 찾지 않았다. 그 역시 사람이 선해야 할 근거로 하늘을 끌어들이기는 했지만 그 하늘을 사람의 마음 안으로 옮겨놓았다. 하늘이 사람의 마음을 통해 세상의 선악을 청취한다! 그렇다면 사람의 마음속 은밀한 동정을 하늘이 엿듣고 있는 셈이다. 마치 사람 마음에 도청 장치라도 설치한 것처럼.

하늘이 마음의 감시자가 되면 이제 도덕의 문제는 양심의 문제로 전환된다. 아무도 보고 있지 않는 상황에서도 내 마음은 내 행동을 알고 있으며, 내 마음이 알고 있는 한 하늘도 알고 있는 것이고, 하늘이 안다는 것은 곧 온 천하가 아는 것이다. 아무도 없는 은밀한 곳에서의 처신을 하늘이 굽어보고 있다. 이 하늘은 양심의 형태로 내장되어 있어 피할 길이 없다. 이러한 윤리적 자기 감시 상황을 유가에선 신독愼獨이라 한다. 홀로 있을 때를 신중히 한다는 뜻이다.

처마 끝 한 귀퉁이로 올려다보이는 하늘이 개인을 윤리적으로 감시한다고 설정한 송나라 성리학자들은 결국 양심의 자기 감시 기능을 강화시켰던 것이다. 그런데 이 양심의 역할은 프로이트가 제시한 초자아처럼 개인의 일탈에 대해 윤리적으로 징벌하는 것에서만 그치지 않는다. 개인에게 끝없이 신독할 것을 요구하는 이 내면의 하늘은 사람의 인격을 잠식하며 마침내 인격 자체를 변화시키게 된다. 결국 인심人心이 도심道心의 경지로 초월돼 평범한 사람이 성인의 경지에 도달하는 것이다. 따라서 성인이 되는 지름길은 마음속 감시자를 받아들여 이를 자기 자신으로 육화시켜내는 데 있다.

마음 안에 하늘의 종자가 있음을 받아들이는 것은 평범한 결단이나 소소한 의지의 문제가 아니다. 누구나 마음 안을 고요히 들여다보면 그곳에 하늘과 연통되어 있는 도덕의 씨앗이 있음을 발견할 수 있다. 다만 발견한 뒤 이를 어찌 처결할지는 개인의 선택이다. 그 종자가 내 내면에서 번성하여 나 자체를 송두리째 바꾸는 걸 허용할지, 아니면 나라는 작은 자아를 견고히 유지하며 하늘의 종자를 바이러스처럼 박멸할 것인지. 내 안의 낯선 타자, 하늘이라는 초월적 타자는 자아를 위협한다는 점에선 진정 바이러스를 닮았다! 그래서 평범한 사람들 대부분은 잔혹한 자기 포기를 견디지 못해 끝내 성인이 되길 포기하는 것이다.

소옹은 나라고 착각하는 내 마음이 실은 현실의 전부가 아니며 그 속에 무언가 더 있다는 것, 하늘로 상징되는 더 큰 삶이 있다는 것을 말하고 있다. 그러나 하늘의 삶으로 가는 길은 자아를 포기하는 길이고, 그만큼 보통 사람이 선택하기엔 너무 고통스런 길이기에 현재의 삶을 버리라고 하진 않았다. 그저 마음을 차분히 관조하다 보면 하늘이 조용히 우리를 듣고 있다고, 그래서 우리는 도덕적으로 외롭지 않다고 속삭여줄 뿐이다.

21

음덕을 쌓고자 할 때

사마온공司馬溫公으로 불린 사마광司馬光은 북송의 대정치가요 문호였다. 『자치통감資治通鑑』을 저술한 것으로 유명하거니와 개혁파였던 왕안석王安石에 대항해 구법당舊法黨을 이끈 원로이기도 했다. 구법당이란 갑작스런 제도의 개혁보다는 기존의 원리원칙을 제대로 지켜가며 온건한 변화를 추구하던 세력을 이른다. 요즘으로 치자면 합리적 보수에 해당하리라. 어쨌든 신법당新法黨을 결성해 맹렬히 개혁에 매진하던 왕안석에 몰려 오랜 세월 수도였던 개봉開封에서 멀리 떨어진 낙양洛陽에 은거해야 했던 이 인물, 실은 고민이 하나 있었다. 바로 근처에 살고 있던 동시대 최고의 철학자 소옹邵雍을 한번 만나보고 싶었던 것이다.

소옹은 강절선생康節先生이라 불리며 존경받던 위대한 학자였지만 평생 벼슬을 멀리하고 낙양 인근에서 제자들이나 가르치며 살고 있었다. 그는 우주 만물의 변화 원리를 수에서 찾은 일종의 수학적 역리학자였다. 머릿속에 달과 태양을 비롯한 무한한 우주의 섭리를 넣고 살던 그에게 세상 정치 싸움 정도는 어린아이 장난질에 불과했으리라. 그런 까닭인지 소옹은 당시의 저명한 정치가 사마광이 이사를 오건 말건 관심도 없었고 우연을 가장해서라도 인연을 맺을 마음이 추호도 없었다. 몸이 단 쪽은 당연히 사마광이었다. 오랜 노력 끝에 사마광은 소옹을 집에 초대하는 데 성공하게 된다. 그는 새벽부터 단장하고 집안도 소제한 뒤 설레는 마음으로 대철학자의 방문을 초조하게 기다렸다. 새들이 담장에서 지저귀다 처마 끝으로 옮겨 앉기를 여러 차례 했지만 소옹은 오지 않았다. 어찌 됐을까?

소옹은 끝내 오지 않았다. 소옹은 약속을 까맣게 까먹고 꽃구경을 하고 있었다. 때는 이제 막 꽃들이 망울지던 초봄. 소옹은 수레를 멈추고 다시 찾아온 봄에 감격하며 그 안에서 우주의 비밀을 엿보는 데 정신이 팔려 있었다. 사마광인지 뭔지 하는 유명하다는 정치가는 그의 안중에 없었다. 사마광은 어땠을까? 사마광은 식어가는 음식을 바라보다 오지 않는 사람을 기다리는 마음을 시 한 수로 읊조렸다. 그리고 그뿐이었다. 그는 상대의 결례에 분노하지 않았다. 아니, 어쩌면 그는 소옹의 마음을 눈치챘는지도 모른다. 변화다 안정이다 하며 정치판에서 싸우던 자신에게 상대가 한 무언의 꾸지람. 아마 이런 게 아니었을까? '자! 저 한껏 피어나는 꽃들을 보시게! 우주는 영원히 변하고 있으면서 또한 변함없이 꽃들을 피워내고 있다네. 난 그대가 싸우는 동안 꽃을 키웠다네. 사람이란 꽃들을!'

위대한 정치가 사마광은 낙양의 조그만 사립학교 교장 소옹에게 퇴짜맞은 뒤 십오 년에 걸친 공부 끝에 역저인 『자치통감』을 완성하기에 이른다. 그리하여 구법당의 지도자 사마광은 잊혔는지 몰라도 역사가 사마광은 불후의 이름을 얻게 되었다. 어쩌면 이 모두가 꽃 흐드러지게 핀 어느 봄날, 끝내 오지 않았던 소옹의 무언의 가르침 덕분이 아니었을까? 이런 게 음덕이 아니라면 무엇이 음덕이란 말인가?

〔원문〕

司馬溫公曰(사마온공왈), "積金以遺子孫(적금이유자손), 未必子孫能盡守(미필자손능진수), 積書以遺子孫(적서이유자손), 未必子孫能盡讀(미필자손능진독), 不如積陰德於冥冥之中(불여적음덕어명명지중), 以爲子孫之計也(이위자손지계야)."

「繼善篇(계선편)」

〔번역문〕

사마온공이 말했다. "황금을 쌓아 자손들에게 물려주더라도 자손들이 반드시 모두 간직할 수는 없을 것이요, 책을 쌓아 자손들에게 물려주더라도 자손들이 반드시 다 읽을 수는 없을 것이다. 그러하니 보이지 않는 가운데 음덕을 쌓아 자손들을 위하는 계책으로 삼음만 못하리라."

아무리 적금을 많이 부어도 재물은 언젠가 사라진다. 책을 사서 산처럼 쌓아놓아봐야 안 읽으면 그만이다. 자손에게 물려줄 수 있는 유일한 건 덕이다. 덕은 쌓을수록 커지고 세월이 아무리 흘러도 색이 바래지지 않는다. 세상엔 배은망덕도 적지 않지만 덕을 입은 기억은 쉽게 폐기되지 않는 법. 심지어 부모가 쌓아놓은 덕은 시간을 타고 자식에게까지 흘러넘친다. 덕을 베푼 사람은 사라졌지만 그 기억은 사람들 속에 계속되고 이를 육화한 후손들에게 전이된다. 이보다 더 좋은 보험이 어디 있는가?

하지만 덕은 보이지 않는 가운데 베풀어져야 한다. 그래야 음덕이다. 덕이 의기양양하게 보란듯이 베풀어진다면 적선이나 시혜가 된다. 받는 사람이 굴욕감을 느끼거나 열등감이라도 갖는다면 어떤 자선도 결국 과시에 불과하다. 때문에 큰 덕은 은은하고 은밀하게 그늘 속에서 건네지는 것이다. 받은 사람이 받았는지 의식하지도 못하게 베풀어져야 제대로 된 음덕이다. 그런데 그렇게 살며시 전달된 음덕은 당장엔 드러나지 않겠지만 긴 시간을 거쳐 결국엔 드러나게 된다. 음덕의 효험이 자손 대에서야 나타나는 까닭이 여기 있는 건 아닐까?

그렇게 보자면 음덕의 반대말은 양덕陽德이다. 양덕을 베푸는 사람들은 조급하다. 그들은 선행을 가장해 사욕을 채우려는 자들이므로 당연히 그들도 선행을 베푼다. 하지만 그들의 선행은 당장 눈앞에 드러날 효과를 기대하고 있기에 한시적이고 변덕스럽다. 심지어 자신이 베푼 덕행에 대해 몇 배의 대가를 요구하기도 한다. 이처럼 코앞에서 후과後果를 바라고 행해지는 덕행은 절묘하게 치장된 가짜 선행일 가능성이 높으며 나아가 이를 통해 누군가를 얽매려는 술수일 수 있다.

다시 소옹이 오지 않던 낙양의 어느 봄날로 가보자. 사마광은 씁쓸하게 웃으며 서재로 들어갔을 것이다. 낙양 변두리의 시골 선생에게 크게 한 대 얻어맞은 그의 기분은 어떠했을까? 그러다 사마광은 빙그레 웃었을 성싶다. 소옹선생이 봄꽃 나들이 떠났다는 전갈을 받고 그의 가슴은 오히려 시원하게 뚫렸을 것이다. 그 누가 감히 사마광을 가르칠 수 있었겠는가? 그건 천하의 소옹이라도 할 수 없는 일이었으리라. 그래서 소옹은 오지 않는 행동으로 사마광을 깨우쳐준 것이다. 훌륭한 선생의 가르침은 그 얼마나 위대한 음덕인가?

3장

친親, 가까움의 미학

22

아버지의 충고가 그리워질 때

사람 인생에서 죽음처럼 비장하고 엄숙한 일도 없다. 자신의 생명이 소멸하는 순간 우리는 과연 어떤 생각을 하게 될까? 소크라테스는 이웃에게 진 빚을 걱정했고 괴테는 커튼을 젖혀 빛을 더 비춰달라 요구했다. 누군가는 사후의 깨끗한 명예를 원하고 다른 누군가는 삶이 주는 축복을 마지막 한 자락까지 누려보고 싶어한다. 그런데 여기 죽어가면서도 세상 정치를 근심하던 진실한 사내가 한 명 있었다. 바로 공자의 제자 증자曾子다.

증자는 임종을 코앞에 두고 최후의 숨을 들이켜는 순간까지 훌륭한 세상을 꿈꾸었다. 그리하여 자신을 병문안하러 온 정치가에게 치자의 도리를 설파하다 절명했다. 그가 유언을 시작하며 했다는 말은 유명하다. '조지장사鳥之將死, 기명야애其鳴也哀, 인지장사人之將死, 기언야선其言也善.' 풀이하면 '새가 장차 죽으려 할 때 그 소리가 애달프고, 사람이 장차 죽으려 할 때 그 말이 선하다'라는 뜻이다. 『논어』에 전해오는 일화다. 증자는 왜 이런 말을 꺼냈을까? 죽음을 목전에 둔

자야말로 삶에 더 욕심이 없고 욕심이 없으니 사사롭지 않으며 사사롭지 않으니 정직할 것이라는 뜻이다. 오직 죽음 앞에서야 우리 모두는 생사를 초월하여 선해질 수 있다.

『삼국지연의』의 주인공 유비는 임종을 맞이하여 자신의 필생의 과업인 삼국통일의 임무를 현명한 재상 제갈량에게 맡겼다. 아직 어렸던 아들 유선劉禪에겐 짧은 유언 한마디만 남긴다. 천하를 유랑하며 세계일통의 포부를 펼쳤던 노영웅은 우리 예상과는 달리 아주 소박한 표현만을 사용해 힘주어 이렇게 말했다.

〔원문〕

漢昭烈將終(한소열장종), 勅後主曰(칙후주왈), "勿以善小而不爲(물이선소이불위), 勿以惡小而爲之(물이악소이위지)."

「繼善篇(계선편)」

〔번역문〕

한나라 소열황제가 죽음에 임하여 아들인 후주에게 칙령을 내렸다. "선이 작다고 하여 아니 하지 말 것이며 악이 작다고 하여 행하지 말 것이니라."

소열황제는 유비 사후의 시호다. 후주는 아들 유선을 지칭한다. 『소학』이라는 책자를 통해 전해오는 이 얘기가 사실인지 여부는 중요치 않을 것이다. 이 말 속에 담긴 곡진했던 한 아버지의 마음만 알아채면 될 일이다. 아버지 유비는 단호한 금지사를 두 번에 걸쳐 사용하며 간곡하게 부탁하고 있다.

첫째, 아무리 자잘한 일이라 해도 그것이 선한 일이라면 망설이지 말고 행하라! 대부분의 사람들은 선한 일이라고 하면 뭔가 거창하고 극적인 결단 같은 것을 상상한다. 역사에 이름을 남긴 영웅호걸들의 장렬한 삶이 먼저 떠오르기 때문이다. 하지만 유비가 말한 선한 일이란 그렇게 대단한 것들이 아니다. 그저 일상생활에서 부딪히게 되는 소소한 일들 가운데에서 선할 것을 구하라고 말하고 있다. 이건 무슨 뜻일까?

선한 행동이란 평소엔 가슴 안에 감추고서 남몰래 벼리고 벼리다가 결정적인 순간에 발휘하는 따위가 아니다. 그것은 자질구레한 삶의 매 순간마다 습관처럼 반복하여 어느 순간 자기 몸에 밴 제이의 천성과도 같은 것이다. 이를 잘 아는 유비는 혹시 아들이 선한 일을 너무 거창하게 여겨 당장의 임무로 여기지 않게 될까 두려워했다. 작은 일이라 해도 선한 것이라면 무조건 열심히 하라는 유언은 그래서 나오게 된 것이다. 우리 삶의 향방을 결정짓는 것은 너무 자잘해 보여 간과하기 쉬운 예절들 속에 있다. 그 사소해 보이는 행동들이 쌓이고 쌓이다보면 결국 크나큰 무게가 되어 한 인간을 선하게도 악하게도 만든다. 선을 항상 네 삶의 지척에 두어라! 유비의 유언은 그런 말이었던 셈이다.

둘째, 아무리 자잘한 일이라 해도 그것이 악한 일이라면 행하지 말라! 산전수전 다 겪은 유비가 보기에 세상에 횡행하는 악이란 그 조짐이 미세했을 것이다. 평소 엇나간 작은 언행이나 불량한 태도, 우연히 맛들이게 된 짓궂은 장난 등 언뜻 예사롭게 넘길 일들 속에서 큰 악행이 자라난다. 악한 짓도 습관이라서 중독성이 있고 악에 중독된 자는 늘 더 강한 자극을 원하는 탓이다. 유비는 아들에게 자신의 소소한 악에 결코 면죄부를 주지 말 것을 명하고 있다.

여기서 유비가 자신의 유언을 전한 행동을 '칙勅'이라고 표현한 것도 염두에 두자. 이는 임금이 신하나 아랫사람에게 전하는 단순한 의사표현을 뜻하지 않는다. 조칙을 베풀거나 칙령을 공표하는 것과 같이 중대한 일을 결정하여 공적으로 하달할 때 사용되는 표현이다. 그렇다면 유비는 그저 한 아이를 둔 아비의 마음으로서만이 아니라 나라의 운명을 결정할 중차대한 포고령을 내리는 치자의 심정으로 이 유언을 했던 셈이다. 작고 섬세한 일상사에서 선과 악을 구별하지 못한다면 한 나라마저 미구에 무너질 것이란 깊은 암시가 이 표현 안에 숨겨져 있다.

필자는 유비의 이 유언을 읽을 때마다 근대 중국의 문호였던 주자청朱自清의 산문 「아버지의 뒷모습」이 함께 떠오르곤 한다. 남경역에서 북경으로 떠나는 아들을 배웅하던 주자청의 아버지는 뚱뚱한 몸을 이끌고 아들에게 줄 과일을 사기 위해 턱이 높은 철로를 힘겹게 왕복한다. 아버지의 힘겨운 뒷모습을 기억한 아들은 열심히 공부하여 중국을 대표하는 문장가로 성장했다. 우리 모두 그런 아버지의 뒷모습 하나쯤은 품고 있을 것이다. 그런 뒷모습을 간직하고 있는 한 쉽게 타락하지 못할 것이다. 유선의 아버지 유비 역시 아들에게 결코 잊히지 않을 뒷모습 하나를 선물했던 건 아닐까? 아버지의 유언은 생전의 매서운 채찍보다 강렬하고 또 영원하며 지워지지 않을 흔적으로 남는다.

23

동료를
찾고자 할 때

불경에는 선한 마음이 세상에 일으키는 좋은 영향을 좋은 향기에 비유하는 표현이 많다. 냄새는 뇌신경에 가장 직접적이고 신속하게 감각정보로 전달되는 특성이 있어 선하고 악한 마음의 파급 효과를 묘사하기에 더없이 좋기 때문이다. 사람이 싫으면 그 사람 냄새부터가 싫다. 싫은 소리나 형체는 어느 정도 견뎌지지만 싫은 냄새는 즉각적으로 거부된다. 마찬가지로 시각적 미나 청각적 쾌를 압도하는 게 후각적 매력이다. 모습이 다소 평범하고 목소리 역시 청아하지 못해도 몸에서 발산되는 향기가 훌륭한 사람에게 쉽게 매혹당하는 이유가 여기 있다.

동양에선 시집가는 딸 치마춤에 향낭香囊, 즉 최음제로 쓰이던 사향 같은 향료가 담긴 주머니를 묶어주곤 했다. 첫날밤 남편에게 사랑받으라는 뜻이었다. 이렇게 냄새를 중시한 것은 시각정보나 청각정보가 인간의 사변능력에 상당히 좌우되는, 진화사적으로 비교적 최근에 강화된 감각정보인 반면, 후각정보는 인간이 아직 야생동물

단계에 가까웠던 시기에 만들어진 가장 원초적 감각정보이기 때문이다. 인류는 한때 사변적 이성활동보다 관능적 감각활동에 의지해 생존해야만 했다. 따라서 이를 대표하는 후각은 가장 원시적이지만 가장 근원적인 감각인 것이다.

초나라 애국시인 굴원屈原은 자신의 대표작 「이소離騷」에서 왕에 대한 충성심이나 은자의 고결함을 묘사할 때 지초芝草나 혜초蕙草 같은 향초들을 즐겨 끌어왔다. 순수한 우정을 나타내는 지란지교芝蘭之交라는 성어도 이런 묘사들에서 연유한 것이다. 그렇다면 인류의 감각정보 속엔 선악 판단에 앞서는, 아니 선악 판단의 근거를 이루는 보다 심층의 판단 기준이 내재해 있음이 분명하다. 인류는 아득한 선사시절부터 좋은 것과 나쁜 것, 버려야 할 것과 취해야 할 것, 먹을 것과 먹지 말아야 할 것, 가까이할 것과 멀리할 것 등을 냄새로 판별해 왔다. 인류 생존에 유익한 것은 냄새로 즉각 판단됐고 그런 감각에 둔한 종족은 살아남지 못했다.

〔원문〕

家語云(가어운), "與好學人同行(여호학인동행), 如霧露中行(여무로중행), 雖不濕衣(수불습의), 時時有潤(시시유윤), 與無識人同行(여무식인동행), 如厠中坐(여측중좌), 雖不汚衣(수불오의), 時時聞臭(시시문취)."

「交友篇(교우편)」

〔번역문〕

『공자가어』에서 말했다. "배우기 좋아하는 사람과 함께 걸으면 마치 안개 끼고 이슬 맺힌 길을 걷는 것 같아 비록 옷이 젖지는 않는다 해도 때때로 윤기가 흐르게 되고, 배움이 없는 사람과 함께 걸으면 마치 화장실에 앉은 것 같아 비록 옷이 더러워지진 않아도 때때로 악취가 풍겨난다."

잠깐 만나는 사람에게 영향을 받는 일은 좀체 없다. 상대가 엄청난 카리스마를 지닌 위인이나 악당이 아니라면 사람들은 보통 스치듯 만나는 이들에게 냉담하다. 무슨 일인가로 한참을 함께 걸었던 사람의 경우는 이와 다르다! 원하든 않든 간에 그런 사람은 우리에게 모종의 영향을 끼친다. 무슨 영향을 끼쳤다고 딱히 말로 표현하긴 어렵지만 뭔가를 남긴다. 그것이 논리로 설명 가능한 것이라면, 이성의 활동으로 관리 가능한 것이라면 필요할 때 재현하고 그렇지 않을 땐 지워버릴 수 있으련만, 인생의 길을 같이 걷던 사람이 남긴 자취란 대개 언어화시키기 불가능한 것들이다. 그건 단순한 기억이 아니라 냄새 같은 것이다.

한때의 동반자가 우리 삶에 남기고 간 흔적들이 이야기로 재생 가능한 사변적 기억의 형태가 아니라 냄새와 같은 근원적 감각임을 은유적으로 보여주는 작품이 마르셀 프루스트의 『잃어버린 시간을 찾아서』이다. 이 소설은 마들렌 과자의 맛과 냄새가 환기시킨 기나긴 기억의 사슬로 구성되어 있다. 그렇게 기억들은 맛과 냄새에 달라붙어 의미로 풀려나온다. 그렇다면 기억들을 근원적으로 엮어주면서 어떤 기억은 분쇄하고 또 어떤 기억은 보존하는 힘은 감각으로부터 나오는 것이다! 우리 곁을 걸었던 사람들은 그들만의 독특한 냄새를 남기고 떠나간다.

위 인용문은 두 종류의 동반자를 제시하고 있다. 배우기 좋아하는 자는 발전하려는 자이므로 끝없이 스스로를 쇄신하고 있는 자다. 그들에겐 좋은 냄새가 난다. 오래 묵어 썩어가는 노폐물이 없으므로, 그들의 정신이 계속 대사운동을 하고 있으므로 그들로부터 맑은 향기가 뿜어나온다. 실제 육체에서 나는 냄새는 아니지만 배우기 좋아하는 사람의 인격이 지닌 전체적인 느낌이, 논리로는 설명 불가능한 자세나 눈빛의 특징들이 마치 냄새처럼 주변을 윤기로 물들인다. 반대로 배우기 싫어하여 무식한 자는 변하지 않고 정체되어 있는 자다. 노폐물을 배출하고 새로운 양분을 흡수할 줄 모르는 그들에겐 적체되어 썩어가는 것들의 악취가 난다. 그래서 인용문은 이를 화장실 냄새에 빗대고 있다. 배우지 않으면 고이고 고이면 썩는다.

냄새로 형용될 이상의 인격적 감각들은 말이나 글을 통한 도덕적 판단에 앞서 상대에 대한 호오의 판단을 완수할 수 있도록 한다. 특별한 탐색 없이도, 오직 냄새만으로도 상대가 어떤 사람인지 알 수 있다! 그러니 누구와 함께 걷느냐에 따라 우리의 냄새도 변하는 게 당연하다. 상대의 가치관이나 사상을 떠나 상대의 냄새부터 내게 옮겨질 것이기 때문이다. 그리하여 말이나 글로 아무리 속이려 해도 누군가와 걸으며 내 몸에 밴 냄새만큼은 감출 수가 없다.

24

누가 오래갈 친구인지 궁금할 때

오랜 세월 흉허물 없이 지내는 벗을 막역지우莫逆之友라 부른다. 막역하다는 표현 속에는 무슨 짓을 해도 상대방 마음을 거스를 일 없을 거라는 절대적 믿음이 담겨 있다. 때문에 서로 막말하며 방심하는 사이를 막역하다고도 한다. 하지만 '막역'이란 서로에 대한 배려가 자연스레 몸에 배어 의식적 노력이 불필요한 관계를 뜻할 뿐 상대에게 마음대로 굴 수 있는 방만한 관계를 의미하지 않는다. 막역해지기 위해선 오랜 세월 쌓인 관심과 애정 그리고 속깊은 배려가 필요한 것이다.

어떻게 하면 오랜 세월 막역함을 유지할 진정한 벗을 얻을 수 있을까? 율곡栗谷 이이李珥 선생은 친구 많기로 유명했던 후배 윤근수尹根壽에게 보낸 충고의 편지에서 벗을 세 종류로 나눴다. 먼저 문우文友가 있다. 이는 서로의 취향과 호오를 이해하기에 심미적 삶을 함께할 수 있는 벗이긴 하지만 취향이 바뀌면 쉬이 변한다. 다음으로 벼슬살이를 함께하는 환우宦友가 있다. 이는 험난한 관직생활에서 서로를 믿고 의지할 수 있는 동지를 의미하는데, 정치적 이해관계가 갈리는 순간 사이도 틀어지게 마련이다. 끝으로 영원한 진리인 도를 향해 함께 걷는 도우道友가 있다. 오직 도우만이 세속의 이해타산과 관계없이 변하지 않는 신뢰를 낳는다. 율곡 선생은 서인西人으로서 파당 만들기에 몰두해 있던 후배 윤근수에게 도우를 곁에 두라고 촉구했다.

결국 진정한 막역지우란 도우다. 벗의 내면에서 불타고 있을 진리를 향한 열정을 사랑하는 한 서로의 우정엔 변함이 없을 것이기에 그 밖의 소소한 예범이란 부수적인 것이 된다. 그렇다면 막역지우를 얻는 비결은 속된 관계술에 있지 않고 애초 누구를 벗으로 선택하느냐에 달렸음이 밝혀진다. 오래 존경할 수 있는 사람, 배울 만한 점이 많은 사람을 벗으로 삼으면 그 사귐은 장구하고 항상 생산적 긴장으로 충만할 것이다.

〔원문〕

子曰(자왈), "晏平仲(안평중), 善與人交(선여인교). 久而敬之(구이경지)."

「交友篇교우편」

〔번역문〕

공자께서 말씀하셨다. "안평중은 사람 사귀기를 잘했었다. 사이가 오래됐는데도 공경함을 잃지 않았나니."

안평중은 제齊나라를 부유하고 강력한 국가로 만든 춘추시대 명재상이었다. 그는 높은 신분에도 불구하고 자신을 지극히 낮췄다.

아침에 출근할 때 자신의 수레를 끄는 마부보다 더 공손한 태도를 취해 이를 본 마부의 아내가 내실 없이 거드름만 피우는 남편을 힐난했다는 고사는 유명하다. 무엇이 그를 이토록 겸손하게 만들었을까? 정답은 율곡 선생이 말한 도우에 있다.

안평중은 사람의 내면에 있는 도를 벗하였다. 세상이 잘 돌아가는 데 필요한 모든 것을 도로 본 그는 도가 있는 모든 사람을 존중했고, 따라서 수레 모는 기술을 지닌 자신의 마부 또한 존중했던 것이다. 그런 관점에서 세상을 바라보면 세상은 온통 도를 지닌 스승으로 넘쳐났을 터이니 어찌 감히 건방진 마음을 품을 수 있었겠는가? 이것이 바로 안평중이 제나라를 강하게 만들고 스스로 이름난 재상이 된 비결이기도 했으리라.

물론 마음에 담긴 어진 심성을 도의 근본으로 본 공자는 지나치게 실용적인 안평중의 세계관 전부를 인정하진 않았을 것이다. 그럼에도 상대방이 지닌 장점을 잘 알아보고 그 장점을 기꺼이 인정했으며, 나아가 이를 존중할 줄 알았던 안평중이야말로 공자가 상상했던 훌륭한 정치가에 가장 가까웠음에 틀림없다. 훌륭한 정치가란 결국 사람 잘 사귀는 사람 아니겠는가?

존경할 만한 도를 지닌 사람을 벗으로 삼을 때 진정한 교제를 시작할 수 있으며, 또 그 교제가 오래갈 것이다. 당연한 말이지만 교제는 오래갈 수 있을 경우에만 막역해질 수 있기에 이른바 막역한 친구관계란 오직 도우 사이에서만 가능한 것이다. 따라서 친구를 논할 때면 '도부동道不同, 불상위모不相爲謀'라는 『논어』의 가르침을 잊어선 안 되겠다. 추구하는 도가 같지 않으면 서로 일을 도모하지 않는다는 뜻이다.

25

유산을 남겨야 할지 망설일 때

같은 이야기를 정반대로 하는 경우가 더러 있다. 이를테면 '부자가 망해도 삼대는 간다'는 말과 '아무리 큰 부자도 삼대를 못 넘긴다'는 말은 동일한 상황을 묘사한 속담이지만 시각은 정반대다. 전자는 부가 쉽게 사라지지 않는다는 측면을, 후자는 부의 단명함을 강조하고 있다. 하지만 부의 세습이 대충 삼대에 이르러 끊어지리란 점에선 동일한 전제를 달고 있다.

왜 하필 삼대일까? 우선 엄청난 노력파였을 창업자는 자신이 이룬 부를 모두 향유할 수는 없다. 그는 부를 극한에까지 확장하는 데 온 힘을 쏟으며 그 과정 자체를 보람으로 여긴다. 한편 창업자를 옆에서 지켜보며 자란 계승자는 부의 일부를 누리기는 하나 그것이 온전히 제 것은 아니라는 강박관념 탓에 지키기에 급급하게 된다. 수성守成에 능한 인물이 되기 십상이다. 그리고 문제의 삼대째 인물이 등장한다. 그에게 창업자의 노고는 한 단계 건너 남의 일이어서 부를 이루기까지의 노고는 보이지 않는다. 대신 그의 눈엔 계승자인

자기 아버지가 누렸던 향유의 몫이 더욱 커 보인다. 마침내 그는 자기에게 당연한 것처럼 주어진 집안의 부를 향락적으로 탕진해버리게 된다.

꼭 삼대는 아니더라도 부의 소멸 과정은 대개 이 세 단계를 거친다. 빛나는 창업자의 시기를 지나면 계승자가 이를 지키게 되는데 이들은 창업자만큼 탁월한 재능이 있어도 이를 좀체 발휘하려 들지 않는 소심한 자들이다. 이렇게 계승자들은 창업자의 권위에 주눅들어 성실하긴 하나 패기는 없는 자로 성장한다. 그리고 삼대째 인물은 계승자의 살뜰한 보살핌에 응석받이로 자라나 독립심 없이 부모에게 얹혀사는 어리석은 자가 되기 쉽다.

한나라 때 황태자의 스승으로 큰 부를 이룬 소광은 아주 특이한 결단을 내리게 된다. 자신이 이룩한 재산을 모조리 탕진하고 죽겠다는 것이었다. 주위에서 자식들에게 유산을 조금이나마 남겨야 하지 않겠냐며 우려하자 이렇게 대답했다고 한다.

〔원문〕

疏廣曰(소광)왈, "賢而多財則損其志(현이다재즉손기지), 愚而多財則益其過(우이다재즉익기화)."

「省心篇(성심편) 上(상)」

〔번역문〕

소광이 말했다. "현명한데 재산이 많으면 그 뜻이 꺾일 것이요, 어리석은데 재산이 많으면 그 허물만 더하게 되리라."

소광이 누구인가? 중국판 철종임금인 한선제漢宣帝 시대를 헤쳐나간 인물이다. 한선제는 강화도령으로 살다 엉겁결에 왕이 된 조선의 철종처럼 한무제의 증손임에도 역적 후손으로 몰려 평민 사이에서 자란 임금이었다. 그를 발탁해 황위에 앉혀준 당대의 실권자가 바로 곽광霍光이다. 한무제 시대 전쟁의 신으로 불린 명장 곽거병霍去病의 후손인 곽광은 한선제를 허수아비 황제로 내세우고 그 스스로 국정을 좌지우지했다. 결과는 어땠을까? 곽씨 일파의 무도함에 치를 떨던 한선제는 곽광이 죽자마자 그의 집안의 구족을 멸해버린다. 곽씨 피붙이를 단 한 명도 살려두지 않았던 것이다.

한무제 시대 때부터 황궁 요직을 모조리 차지하고 황후까지 배출했던 곽씨 집안의 충격적인 몰락은 당시 사회에 커다란 반향을 일으켰다. 그 탓인지 소광은 한선제의 총애를 입어 황태자를 가르치는 태부太傅 벼슬까지 했음에도 미련 없이 정계를 떠났다. 낙향한 그는 평생 번 돈을 마음껏 쓰며 여생을 즐겼고 자식들에겐 단 한 푼도 물려주지 않았다. 이 이상한 행동을 이해하려면 삼대 뒤엔 망하는 부자들의 운명을 고려해야 한다. 이를테면 곽씨 집안 말이다.

곽광은 집안의 계승자였다. 그는 현명하고 조심스러웠다. 한선제의 황후가 된 자기 딸이 한선제가 평민이었을 때 사귀어 결혼했던 첫째 부인을 암살했을 땐 이 사실을 황제에게 알려야 하는 건 아닌지 고민까지 했던 인물이다. 그토록 신중하고 용의주도한 곽광조차 자기 다음 대를 단속할 순 없었다. 때문에 그의 죽음과 더불어 곽씨 집안은 급속히 궤멸당한 것이다.

소광의 입장에서 자기가 창업자라면 자신의 자식들은 계승자였다. 계승자들에게 유산을 물려준다면 그들은 전혀 분발하지 않고 재산을 지키려고만 들 게 분명했다. 특히 그들이 똑똑하다면 재산 상속은 그들의 성공하려는 의지를 꺾는 결과를 낳을 뿐이다. 게다가 큰 재산에 어리석어진 후손들은 나태함과 자만에 빠질 게 분명했다. 그들은 혼자 힘으로 무언가 이루기는커녕 집안에 화만 키울 것이다. 곽광 집안의 운명과 뭐가 다르겠는가?

그리하여 소광은 한 시절 잘 즐기며 자식들에겐 창업자의 운명만을 선물로 남겨주었다. 비록 창업에 실패했더라도 그들은 무의미한 재산을 지키려 인생을 낭비하거나, 분에 넘친 재산을 탕진하다 큰 재앙에 빠지지는 않았을 것이다. 이처럼 우리는 '믿는 구석' 없이 창업자의 길에 들어설 때 온전히 제 몫의 삶을 살아낼 수 있다.

26

부부 사이의 의리가 희미해질 때

장 루이 트랭티냥이 주연한 영화 〈아무르〉(2012). 곱게 늙어가던 지적인 아내에게 어느 날 날벼락처럼 치매가 찾아온다. 남편은 차츰 정체성을 잃어가는 아내를 간병하다 결국 동반자살을 선택하게 된다. 비참한 선정성이 난무할 것 같은 줄거리지만 실제 영화는 아름답고 진실하다. 사랑의 깊이가 죽음을 넘어설 수는 없지만 죽음 앞에 당당할 수는 있겠다는 생각이 들게 한다. 부부란 어떤 관계일까?

동양의 전통 사상이 이른바 여필종부女必從夫로 상징될 여성 비하에 빠져 있었다는 주장은 일면 맞지만 근본적으론 틀렸다. 물론 여성을 땅으로, 남성을 하늘로 비유하는 음양관 속에는 음을 억누르고 양을 선양하고자 하는 남성 중심적 생각의 싹이 담겨 있긴 하다. 이에 따르면 남편은 하늘로서 떠받들어지고 아내는 땅으로서 하늘에 봉사해야 한다. 하지만 여성을 남성에 비해 열등한 존재로 규정한 것은 동양의 음양 사상 자체가 아니라 이를 활용한 가부장 권력, 정확히 말하자면 분리와 차별을 자기 동력으로 삼을 수밖에 없었던 폭력적 전제권력이었다.

사회가 폭력화될수록 여성은 약자로서 착취의 대상이 된다. 세계사적으로 여성이 가장 비참한 상태에 빠졌던 건 늘 전쟁 상황이었다. 결국 여성 비하는 단순히 성적 차원에서 벌어지는 현상이 아니라 인류가 아직 벗어나지 못한 야만성에 기원하는 현상이다. 또한 모든 야만은 전제주의적 통치 상황에서 활성화되는 까닭에 진정한 남녀평등은 완전한 민주상태를 전제로 하게 되며, 각 사회의 민주화 정도는 그 사회의 약자들, 예컨대 여성의 평등화 정도에 정확히 비례한다.

동양의 진정한 남녀관은 평등주의에 입각해 있었다. 음과 양, 땅과 하늘은 우주의 서로 다른 표현 양상으로서 동등했다. 비록 현실에서 온전히 실현된 적은 드물지만 원리상 아내와 남편은 대등한 협력자요 평생의 벗이었다. 그래서 부부를 '동혈지우同穴之友', 즉 언젠가 같은 무덤에 묻힐 벗이라 불렀다. 가장 이상적인 부부관계는 친구관계에 즐겨 비유됐고 남편은 아내를 가장 믿을 수 있는 생사의 동지로 보았던 것이다.

〔원문〕

太公曰(태공왈), "癡人畏婦(치인외부), 賢女敬夫(현녀경부)."

「治家篇(치가편)」

〔번역문〕

강태공이 말했다. "어리석은 남편은 아내를 두려워하고, 현명한 아내는 남편을 공경한다."

팔십 고령에 기회를 잡아 일약 주나라 재상에 오른 강태공. 그가 무왕武王을 도와 은殷을 멸하고 주周를 세운 과정은 비교적 상세히 알려져 있는 반면, 출세 전까지의 젊은 시절에 대해선 남아 있는 정보가 거의 없다. 이 답답함을 풀어줄 이야기 하나가 전해온다. 바로 '한번 쏟은 물을 물동이에 되돌릴 수 없다'는 '복수불반분覆水不返盆' 고사다.

젊은 시절 특별한 직업 없이 병서나 읽으며 소일하던 정치지망생 강태공에겐 무능한 남편 탓에 생고생하던 부인이 딸려 있었다. 얼마나 고생이 심했는지 아내는 어느 날 남편을 버리고 집을 나가버렸다. 협의 없는 일방적 이혼이었다. 훗날 무왕이 될 주의 젊은 지도자 눈에 들어 끝내 벼락출세한 강태공은 으리으리한 행차를 하며 지난날의 궁핍을 보상받곤 했다. 어느 날 행렬 앞에 한 늙은 아낙이 뛰어들었다. 옛 남편을 찾아온 과거의 아내였다. 초라한 행색의 옛 부인을 한참 바라보던 강태공은 부하에게 물 한 동이를 가져오게 했다. 받아든 물동이를 뒤집어 물을 땅바닥에 쏟아붓고 나서 그가 말했다.

"여기 쏟은 물을 물동이 안에 돌려놓을 수 있다면 내 당신을 다시 받아들이리다."

한번 쏟은 물을 되돌릴 수 없었을 테니 옛 부인은 속절없이 물러났을 것이다. 강태공의 속마음은 과연 무엇이었을까? 한 시대의 영웅이 힘없는 여인에게 속 좁게 복수할 마음은 아니었을 것이다. 강태공은 병법가요 지략가였지만 근본적으론 싸움터의 전사였다. 전사들이 생명처럼 귀중히 여기는 것은 끝까지 배신하지 않을 동지애, 예외가 있을 수 없는 약속으로서의 군율이다. 그렇다면 강태공의 행동은 군율에 따른 엄격한 상벌 절차였을 것이다. 아내는 부부로서의 동지애를 저버렸고 생사를 함께해야 할 기율을 어겼다. 그녀가 한 선택의 정상은 참작 못 할 바 아니나 군율은 군율이고 인정은 인정이었던 거다!

철저한 군인 강태공은 아내조차 그렇게 군율로 대했으니 강인한 사내였음에 틀림없다. 그런데 언뜻 몰인정해 보이는 이 행동 속엔 역설적으로 여성 존중의 정신이 담겨 있다. 옛 아내에게 배신의 책임을 물었다는 것은 결국 그녀의 주체적 독립성, 책임을 물을 만한 자율성을 전제로 하기 때문이다. 만약 강태공이 여성을 물건이나 꽃으로 여겼다면 옛 아내를 받아들여 부려먹거나 곁에 두고 향유하면 됐을 일이다. 그런데 그렇게 하지 않았던 것은 아내를 자신과 대등한 동지로, 전쟁터의 전우로 보았던 탓이다.

인용문으로 돌아가보자. 어리석은 자가 아내를 두려워하는 이유는 무엇인가? 부부 사이에 정해진 원칙, 다시 말해 암묵적인 기강을 세울 수 없기 때문이다. 서로 묵계로 지키며 살아온 신뢰의 징표가 없으니 상대가 보일 반응에 늘 초조하고 불안할 뿐인 것이다. 부부란 남이 모를 약점을 보고 보이는 내밀한 관계이므로 동등한 협조자로서 기율을 정해놓지 않는다면 예측불허의 공방전, 약점을 물고 물리는 경멸의 전장이 펼쳐질 게 당연하다. 따라서 해야 하거나 해선 안 될 일들에 대한 분명한 약속, 즉 신뢰의 기율을 정확히 할 수 없는 어리석은 남편은 항상 아내를 두려워한다.

부부 사이의 명확한 기율을 정하고 이를 지킬 줄 아는 남편은 아내의 존경을 받는다. 만약 남편이 그런 기율을 제정하지 못한다면 아내가 나서서 약속을 만들고, 더 나아가 그 약속을 함께 지키도록 만들 수도 있다. 이렇게 자기 남편을 공경할 수 있는 사내로 만든 그녀는 현명한 부인일 것이 분명하다! 아내를 두려워하지 않는 남편, 남편을 공경할 수 있는 존재로 만든 아내, 이 둘은 모두 삶의 위대한 전사다.

결국 강태공이 부부관계를 온통 군사의 논리로 바라봤음이 밝혀졌다. 인용문의 주어를 살짝 바꿔보면 이는 더욱 분명해진다. '어리석은 상관은 부하를 두려워하고, 현명한 부하는 상관을 공경한다.' 강태공이 아내에게 한 마지막 말을 떠올려보라. 땅에 쏟은 물을 동이에 다시 담아라! 이는 상관으로서, 하지만 같은 군인으로서 강태공이 전우인 아내에게 한 마지막 명령이었던 것이다.

27

친구가 없다고 여겨질 때

상대에게 배신할 기회를 주는 친구는 진짜 친구가 아니라고 한다. 그래선지 무사끼리는 아무리 친해도 서로 등을 보여주지 않는다. 몰인정하고 삭막한 것 같아도 이게 현실에 더 충실히 우정을 지키는 법은 아닐까? 친구를 위해 죽을 수도 있다는 말, 가족보다 친구가 먼저라는 말, 과연 실제로 지켜질 말들일까?

친구를 위해 목숨을 거는 존재들이 우후죽순 쏟아져나오던 시절이 있긴 있었다. 홍콩 누아르 영화가 붐을 일으키던 1990년대, 수많은 홍콩의 사나이들은 경찰에 쫓기거나 상대 조직에 사로잡힌 친구를 구하기 위해 생명을 바치곤 했다. 그 효시가 됐던 영화가 주윤발 주연의 〈영웅본색英雄本色〉이다. 아드레날린을 과도 분비하던 영화 속 주인공들은 피로 칠갑을 한 채 우정의 화신으로 죽어갔다. 하지만 그들이 그럴 수 있었던 이유를 생각해보면 그게 진정한 우정은 아니었다는 결론에 이른다. 우정이라기보다 전쟁터에서 살아남기 위한 집단적 생존 본능에 가까웠던 것이다.

조폭단체의 조직원은 집단을 위해 기꺼이 개인을 희생한다. 희생의 진짜 동기는 개인과 개인 사이의 우정이 아니라 개인들을 통제하고 있는 집단의 명령이다. 이것이 홍콩 누아르의 주인공들을 존경할 수 없는 이유다. 군대 조직은 어떤가? 군인들도 집단의 명령을 수행하기 위해 뭉치지만 그들에겐 숭고한 사명이 있다. 숭고한 사명이 존재하는 한 군인들에겐 우정과 흡사한 동지애가 형성된다. 하지만 집단의 숭고한 가치가 소멸된 이후까지 그것이 유지된다는 보장은 없다. 우정은 어떤 집단적 구속과도 무관하게 개인과 개인 사이에 벌어지는 놀라운 연대連帶다.

〔**원문**〕

酒食兄弟千個有(주식형제천개유), 急難之朋一個無(급난지붕일개무).

「交友篇(교우편)」

〔**번역문**〕

술과 음식을 나누는 형제 같은 벗들이 천 명이나 되지만, 급하고 어려울 때 도와줄 벗은 한 명도 없느니라.

조직의 생존 본능이나 국가로부터 유래한 숭고한 사명감 속에서도 우정은 존재할 수 있다. 그러나 진정한 우정은 조직이나 국가와는 무관한 순수한 개인성 안에서 발현된다. 다시 말해 우정이 가능하기 위해선 서로 완전히 구별되는 독립된 개체성이 필요하다. 조직도 혈연도 개입되지 않은 낯선 개별성, 서로 이질적인 대등한 정체성이 확립되었을 때 비로소 우정이 가능해진다. 따라서 참된 우정의 성립 과정에는 일정한 충돌과 갈등도 동반되기 마련이다.

인용문에선 술과 음식을 나누는 친구들을 형제라고 부르고 있다. 과연 친구가 형제일 수 있는가? 형제는 천륜이요 친구는 인륜이어서 결코 같아질 수 없다. 벗을 위해 생명을 걸 수는 있지만 그건 형제를 대할 때와 같은 절대적 애착 때문이 아니라 자신이 벗과 함께 추구하던 사회적 대의 때문이다. 어느 누구도 논리적 이유 없이 감정만으로 친구를 위해 희생하진 않는다. 그러니 친구는 형제일 수 없다.

그런데도 친구들이 서로를 형제로 부르는 경우가 있다. 왜 그럴까? 서로 대등하게 대치하는 친구관계는 그만큼의 긴장도 반드시 수반하는데, 바로 이 부담스러운 긴장을 해소하기 위해서다. 상대방을 나의 자아 안으로 흡수해들이기 위해 벗을 형제라 참칭하는 것이다. 이렇게 서로가 형제가 되면 독립된 개별성이 사라지고 갑자기 하나가 된 듯한 착각에 빠질 수 있다. 그들은 이제 마음껏 서로 방심할 수 있게 된다. 호형호제하며 술 마시고 고기 뜯는 그들은 하룻저녁 동안의 형제임엔 분명하다.

하지만 위기가 찾아왔을 때, 그 형제 같다던 친구들은 어디에 있는가? 모두 흩어져 남이 되어 있다. 누구도 도와주는 이가 없다. 서로를 존중할 수 있는 간격과 긴장을 견딘 적이 없기에, 따라서 서로를 도와야 할 대의명분 역시 공유해본 적이 없기에 그들은 쉽게 서로를 배신한다. 아니, 배신할 신의조차 없다. 진정한 친구란 이와 같지 않을 것이다. 진정한 벗은 함께 뒤섞여 하나가 되는 사이가 아니라, 서로의 다름을 치열하게 인정하면서, 그럼에도 그 다름을 치열하게 견뎌내는 보기 드문 연대이기 때문이다.

28

부모와 자식 사이가 힘들어질 때

과거 우리나라 아버지들은 남에게 자기 아들을 소개할 때 흔히 견돈犬豚, 즉 개돼지라고 부르곤 했다. 간혹 돈아豚兒라고도 했는데, 이 역시 돼지 새끼라는 천한 의미를 지닌 칭호였다. 친근한 애칭의 뜻도 갖지만 남의 집안 아들을 영윤令胤으로, 딸을 영애令愛로 후하게 불렀던 점을 감안하면 지나친 자기 비하처럼 보인다.

자기 자식을 못난이로 겸칭하며 내세우지 않은 데에는 남들로부터 질투나 미움을 받지 않도록 하려는 배려도 있었을 테고, 나아가 주변 가문들과 넉넉한 사회적 유대를 맺기 위한 정치적 포석의 의미도 담겨 있었을 터이다. 어찌 됐건 이런 칭호 속엔 실리적 목적도 분명 존재했다. 하지만 장차 자신의 위치를 계승할 아들에 대한 아버지들의 태도 속엔 더 복잡한 심리적 복선이 깔려 있었다.

아버지 입장에서 아들은 조심스런 도전자였다. 그의 도전은 거칠거나 노골적이진 않지만 확실했으며 정중한 복종의 매무새를 갖췄

으나 초조했다. 가지려는 자는 늘 덤비게 마련이다. 부자 사이의 이런 긴장이 적나라하게 드러나는 건 조선조 왕위계승 장면들에서였다. 예를 들어 양녕대군에 대한 태종의 태도는 전형적인 측면이 있었다. 이는 광해군에 대한 선조의, 그리고 사도세자에 대한 영조의 태도로 반복된다. 개성 강한 아들의 용장한 태도에 대한 사소한 의심들, 이로 인해 상처난 권위의식을 보상받으려는 부왕의 기괴한 심리적 기복, 그리고 아들의 힘을 미리 거세하려는 냉혹한 처벌 등이 그러했다.

결국 아들을 약간 내리까는 행위는 양반으로서의 겸양의 덕에 충실한 것이기도 했지만 근본적으론 한 가문의 권력 중추로서 아버지가 아직 건재하다는 사실을 상징적으로 재확인하는 일이기도 했던 것이다. 아들은 아직 아버지를 추월하지 못했으며 가문의 질서엔 변함이 없다는 사실 확인!

〔원문〕

父不言子之德(부불언자지덕), 子不談父之過(자부담부지과).

「遵禮篇(준례편)」

〔번역문〕

아버지는 자식의 덕에 대해 언급하지 않고, 자식은 아버지의 허물을 의론하지 않아야 한다.

아들 자랑하는 아버지처럼 좋은 놀림감도 없다. 하지만 예나 지금이나 자식 자랑하지 않는 부모가 어디 있겠는가? 겸양의 겉치레로 포장해서라도 자식 자랑만은 빼놓지 않고 하고 싶은 것이 진짜 부모 심정일 것이다. 그럼에도 자식의 덕에 대한 언급을 자제해야 할 이유는 어디 있는가? 물론 자식이 교만해지거나 주변의 질투를 살 것을 염려해서이기도 했겠지만 더 근본적인 원인은 따로 있다. 바로 그런 행위가 아버지 자신의 권위 하락, 나아가 권위의 부재로 연결되기 때문이다.

아들의 덕을 칭송만 하는 약한 아버지는 잠재적으로 살아 있는 죽은 자이며 이미 자기 자리를 비운 자이다. 아버지의 자리가 너무 빨리 비는 것은 가문의 위기로 직결된다. 아들은 본의 아니게 아버지의 권위를 실추시키는 위치로 들어섰으면서도 정확히 가장의 자리를 찾아들어가지도 못하는 어정쩡한 상태에 직면한다. 그런 아들들은 외부의 질서를 잘 받아들이지 못하는 자기과시형 인물로 성장할 가능성이 높다. 예컨대 어머니와 조기 유학 떠난 아들은 어떤 가족적 권위도 경험하지 못하며, 한국 땅에서 기러기 생활을 하는 아버지를 쉽게 무시하게 된다. 그렇게 허세 속에 무국적자가 된 자식들이 외국에서 크게 성공했다는 소식을 들어본 적이 없다.

그렇다면 자식이 아버지의 허물에 대해 이야기하지 말아야 할 이유도 명확해진다. 물론 세상 모든 아버지들에겐 허물이 있을 것이다. 그러나 자식이 아버지의 허물에 대해 논단한다는 것은 누군가의 과오를 객관적으로 지적한다는 차원을 벗어나 부자관계를 잠시 정지시키는 효과까지 초래한다. 아버지의 잘못을 냉철히 따지는 자식의 모습이 일견 합리적이고 민주적인 것 같지만, 그 근저에는 부모

자식 관계를 말소시켜버리는 잔인한 기계적 평등 논리가 잠복해 있다.

부모의 지나친 권위는 고리타분한 중세의 유물처럼 간주되곤 한다. 당연히 그렇다. 선조와 영조가 그런 사례를 극명하게 보여준다. 하지만 자식은 부모와의 미묘한 애증 관계를 회피하지 않았을 때 훨씬 성숙한 어른으로 성장한다. 그 관계는 언뜻 위험한 권위적 관계, 자식의 맹목적 복종만을 요구하는 폭력적 관계처럼 보일 수도 있지만, 먼 훗날 자식이 살아갈 세상의 원리를 집약적으로 체현한 원형적 사회관계이기도 하다. 따라서 자식은 권위 없는 부모에게서보다 권위적인 부모에게서 더 많은 걸 배운다.

29

자식 교육 때문에 힘겨울 때

클레오파트라의 콧대가 조금만 낮았더라면, 그랬다면 정말 세계의 역사가 바뀌었을까? 이 말을 한 파스칼은 그렇게 믿었던 것 같다. 아주 사소해 보이는 사건 하나가 역사의 운명을 가르는 경우가 얼마나 많았던가! 클레오파트라라는 변수가 없었다면 카이사르는 이집트와 동맹을 맺지 않았을 것이고, 안토니우스는 옥타비아누스와 악티움 해전을 벌이지도 않았을 것이다. 지중해의 역사는 달라졌을 것이다.

역사적 대사건을 몰고 오는 것이 사소한 원인이듯 전대미문의 대성공 이면에는 미세한 일조차 놓치지 않으려는 치밀함이 놓여 있다. 젊은 시절 북경 여행을 다녀온 연암燕巖 박지원朴趾源은 거대한 스케일의 중국문명을 떠받치는 핵심에 자잘한 문제점도 놓치지 않으려는 깨알 같은 심법이 있다고 평했다. 그것이 '대규모大規模, 세심법細心法'이다. 규모는 으리으리하되 마음씀씀이만은 세세하다는 뜻이다.

별거 아니라고 간과할 뻔한 일이 나중에 알고 보면 역사적 성공의 결정적 변수였음이 밝혀지곤 한다. 대부분의 유인원들이 숲속 나무 위의 안전한 삶에 길들어 있었을 때 어떤 한 무리의 영장류는 용감하게 사바나 초원으로 내려가 현생 인류의 조상이 되었다. 그들은 그저 나무로부터 내려왔을 따름이다. 완전히 직립해 두 손에 자유를 얻은 그들은 도구를 사용하게 됐고, 도구를 다루기 위해 지능이 폭발적으로 늘어났다. 성대가 열려 언어활동이 가능해졌던 것도 바로 이 순간, 나무에서 내려와 직립한 직후 일어났던 현상이다. 그래서 작은 것이 아름답다!

〔원문〕

莊子曰(장자왈), "事雖小(사수소), 不作不成(부작불성), 子雖賢(자수현), 不教不明(불교불명)."

「訓子篇(훈자편)」

〔번역문〕

장자가 말했다. "일이 비록 작더라도 애써 수행하지 않으면 이뤄지지 않고, 자식이 비록 현명하더라도 가르치지 않으면 명석해지지 않는다."

큰일을 하는 사람들은 의외로 작은 일에 강하다. 작은 일조차 최선을 다하지 않고는 이뤄지지 않음을 뼈저리게 느껴본 사람만이 큰일을 벌일 만큼 규모 있는 사람이 되는 탓이리라. 그래선지 작은 일에서 새는 사람이 크게 성공하는 경우는 자고로 없었다. 미래에 성공할 사람들은 대부분 어려서부터 부지런하며, 남들이 못 보는 작은 일을 볼 줄 아는 혜안을 갖추고 있다. 그들은 미래에 있을 거창한 겉치레나 화려한 행사에 한눈팔지 않고 목전의 임무가 완성되는 과정에만 꼼꼼히 집중한다.

작은 일을 사소하게 보아 무시하거나 대충 처리하는 사람들은 대개 스스로를 과대평가하는 거드름쟁이거나 불성실한 사람들이다. 그래서 작은 일을 시켜보면 그 사람을 알 수 있다! 요堯임금은 순舜임금에게 천하를 물려주기 전에 자기 후계자의 품성과 능력을 시험하고자 했다. 그는 자신의 두 딸을 순에게 시집보내놓고 순의 행동을 관찰했다. 순은 두 아내를 공평하게 잘 건사했으며 당연히 두 딸 사이에 투기는 없었다. 이를 본 요임금은 순에게 선뜻 천하를 선양했다.

큰일은 누구나 최선을 다하려 든다. 보는 눈도 많거니와 성공하기만 하면 크게 명예로워진다. 하지만 작은 일엔 그런 명예가 따르지 않는다. 때문에 야심가들은 눈에도 띄지 않을 작은 일들은 궂은일로 보아 무시하기 십상이다. 야심가들은 근본적으로 불성실한 자들이다. 그런 자들은 큰일을 하기 위한 필수 조건인 희생정신이 결여돼 있다. 따라서 희생하지 않으려는 야심가는 필연코 큰일도 망쳐놓고야 만다.

장자가 이어지는 바로 다음 구절에서 자식 교육을 언급한 이유는 무엇일까? 세상에서 가장 사소해 보이는 일, 가장 쉽게 할 수 있을 것 같은 일, 그러나 생각보다 너무나 고통스럽고 힘겨운 일, 그것이 바로 자식 교육이다. 자식은 내가 만들어낸 존재, 내가 얼마든지 좌지우지할 수 있어야 할 것 같은 존재다. 그런데 그런 자식을 가르치기가 녹록지 않다. 남의 자식이라면 능수능란하게 다룰 수도 있으련만, 제 자식에겐 자꾸 평정심을 잃고 지나치게 엄하거나 너그럽게 대하게 된다.

장자는 아무리 똑똑한 자식이라도 반드시 교육이 들어가야 한다고 주장하고 있다. 똑똑한 자식조차 제대로 된 교육이 들어가지 않으면 망치기 십상이거늘 하물며 어리석은 자식에 있어서랴! 결국 자식 교육은 한 인간이 세상을 얼마나 성실하게 살았는가에 대한 명쾌한 자기 증명이다. 자식을 보면 그 부모의 삶 전체가 보인다. 이를테면 야심가들은 그들로선 사소해 보일 자식 교육 문제에 결코 성실하지 못할 것이다. 그들은 헛된 욕심만 부리다 제대로 된 교육에 실패할 것이다. 반면 인생에 승리한 현명한 부모에겐 그들처럼 현명한 자식들이 있을 게 분명하다.

이처럼 부모가 자식 가르치기가 어렵기에 선인들은 종종 친구끼리 자식들을 바꿔 가르치곤 했다. 이를 역자이교易子而教라 한다. 하지만 그렇게 해도 자식 교육은 쉽지 않았다. 부모의 일거수일투족을 옆에서 보고 자란 자식은 부모의 언행이 일치하지 않음을 깨닫자마자 자만에 빠지거나 삐뚤어졌다. 그리하여 자식은 부모의 죄악을 세상에 노출하는 문신 같은 존재인 거다. 이 문신을 도대체 지울 수가 없는 거다.

30

포용력이 부족하다고 여겨질 때

『논어』에 '군자불기君子不器'라는 말이 나온다. '군자는 일정한 쓰임만을 지닌 그릇 같은 존재가 아니다'라는 뜻이다. 이 말을 뒤집으면 소인들은 항상 그릇처럼 특정한 용도로만 인정받는 존재라는 걸 의미한다. 이렇게 특정한 기능을 특화시켜 발달시킨 소인들은 그 기능을 알아줄 사람이나 조직을 간절히 필요로 한다. 그리고 그런 사람이나 조직을 만나면 물샐틈없이 화학적으로 결합하여 마치 한몸처럼 군다. 누구의 사람이라거나, 어디 소속 누구라거나 하는 것이 소인에겐 자기 인생의 전부가 된다.

한편 군자는 '화이부동和而不同'하다는 공자의 표현도 유명하다. '남들과 화목하게 지내되 하나가 되지는 않는다'라는 뜻이다. 이 말 역시 뒤집어보면 소인은 항상 남들과 화목하진 않지만 필요에 따라선 누군가와 마치 하나의 몸처럼 단결한다는 의미를 품고 있다. 소인들은 때때로 타인과 하나의 몸뚱이가 되어 일치단결한다! 어떤 타인인가? 자신의 특화된 기능을 알아주고 써줄 사람이나 조직이다. 그런 보스나 조직 휘하에 편입되는 순간, 소인은 자신과 비슷한 부류들을 만나 이권을 함께하며 서로 똘똘 뭉치게 된다.

군자나 대장부는 애초 자신과 이음새 없이 아귀가 딱 맞을 패거리를 필요로 하지 않는다. 왜일까? 그들의 성정과 개성이 누군가의 쓸모에 맞도록 특화되어 있지 않기 때문이다. 그들은 세상 모두의 안위를 걱정하지 세상의 특수한 일부만의 안위를 걱정하지 않는다. 따라서 그들에게 모종의 쓸모가 있다면 세상 모두를 위한 쓸모일 뿐이며, 이는 특정 인물이나 조직의 이익만을 대변할 수 없도록 설계된 쓸모일 것이다. 한마디로 군자나 대장부는 특정인이나 조직에 적합할 어떤 쓸모도 없는 사람들이다. 그런 사람들에게 이권을 같이할 파당이 생길 리 없다.

그리하여 군자나 대장부의 길은 외롭다. 때로 군자나 대장부는 도만을 벗삼아 고독한 삶을 살아야 한다. 도를 함께할 벗, 즉 도반道伴이라도 만나지 못한다면 그들의 삶은 얼마나 더 쓸쓸할 것인가? 하지만 그런 그들에게도 타인과 어울리는 삶은 불가피할 테다. 어찌 어울려야 자기의 내면은 잃지 않으며 타인들과의 불필요한 갈등은 줄일 수 있을까? 어찌해야 화목하되 하나는 되지 않는 긴장을 견딜 수 있을까?

〔**원문**〕

景行錄云(경행록운), "大丈夫(대장부), 當容人(당용인), 無爲人所容(무위인소용)."

「正己篇(정기편)」

〔**번역문**〕

『경행록』에서 말했다. "대장부는 마땅히 남을 포용해야지, 남에게 포용되어선 안 된다."

나와 비슷하지 않은 타인은 불편하다. 타인이란 나와 닮지 않았기에 타인일 수 있으므로 타인이라는 지옥은 삶이 지속되는 한 피할 수 없다. 그렇다면 군자나 대장부의 삶에서 타인이라는 불편함은 우회할 길 없는 가장 큰 난관, 여느 소인들처럼 한몸으로 엮일 수도 없기에 더 난감한 장애물이 아닐까? 이럴 경우 대장부라면 어떤 행동을 해야 할까?

대장부라면 타인이 만든 불편한 현실을 직시해 그 불편함을 기꺼이 떠안아야 한다. 타인이 불편하다면 타인에게 나 역시 불편한 타자에 불과하다. 누군가는 먼저 불편을 선택해야 한다. 군자나 대장부는 그 순간 먼저 선택하는 자다. 타인과의 교제에서 가장 게으른 선택은 아마 대결일 것이다. 서로 다르니 배가 맞지 않고 배가 안 맞으니 보기 싫고 보기는 싫은데 어쩔 도리 없이 봐야 한다면 서로 적이 되는 게 가장 속 편하고 간단한 선택이다. 그렇게 수많은 필부필부들은 주변에 적들을 쌓다가 때론 화해하고 다시 또 적으로 만들며 살아간다. 대결은 가장 게으른 선택이다!

부지런하고 담대한 자는 타인을 연구하고 이해하여 받아들인다. 이는 타협이나 줏대 없는 용서와는 다른 경우다. 타협이나 줏대 없는 용서는 타인에게 굴복해 흡수되는 것이다. 이와 반대로 대장부는 타인을 순화시켜 자기 안으로 흡수해들인다. 순화시켜 흡수하되 그 수단은 폭력적이지 않다. 그래야 포용이라 할 수 있다. 이처럼 진정한 포용은 상대를 나와 닮게 만들거나 내가 남과 닮으려 하는 게 아니다. 그것은 차이를 견디는 능력이다.

『명심보감』에 이상적인 인간으로 등장하는 대장부나 군자는 남성 인격을 전제로 하고 있다. 남성과 여성을 차별하던 중세의 관습인데 현대의 여성들은 이를 신경쓸 필요가 없다. 중세에 타인을 순화시켜 포용하는 담대함은 주로 남성적 미덕이었기 때문에 사랑 문제에서 공세를 퍼붓는 적극적 실천가도 늘 남성이었다. 지금은 그렇지 않아서 여성들이 먼저 사랑의 주체가 되기도 한다. 사랑받는 위치가 아니라 사랑하는 위치에 설 때 우린 누구나 군자나 대장부가 될 수 있다.

31

인간관계가 시들해졌을 때

앨프리드 히치콕 감독은 일상 속에 숨어 있는 공포를 포착하는 데에 가히 천재적 솜씨를 지닌 사람이었다. 〈새〉(1963)에서 평화롭게 인간 주변을 날던 새들은 미묘하게 인간의 삶을 야금야금 침범하다 마침내 거대한 공포의 대상으로 화한다. 〈사이코〉(1960)에서 끔찍한 범죄의 현장으로 설정됐던 곳은 누구나 여행중에 들르는 모텔이다. 그리고 이러한 공포의 일상성을 극단적으로 활용한 작품이 〈이창〉(1954)이다.

〈이창〉의 주인공은 다리를 다쳐 집안에서 꼼짝 못하게 되자 소일 삼아 건너편 집들을 망원경으로 관찰하게 된다. 그렇게 취미처럼 시작된 관찰은 이웃들의 미세한 삶에 지나치게 근접하는 결과를 낳는다. 줌인으로 가깝게 끌어당겨진 이웃의 삶은 결코 아름답지도 그렇다고 평범하지도 않다. 지나치게 친밀해진 이웃의 실체는 살인사건이란 형태로 공포가 된다. 잘 알려진 대로 주인공은 자신이 우연히 살인을 목격했다고 믿었고 이를 증명하기 위해 분투했으며 끝내 성공한다. 이웃 속엔 괴물이 있다!

이웃의 괴물성은 전쟁이나 폭동 사태 속에서 끔찍하게 드러난다. 평범한 줄 알았던 우리 이웃은 강력한 폭력성으로 무장한 악당이 되기도 하며 같은 인류를 멸절시키려는 악마가 되기도 한다. 이웃사촌이란 말에서처럼 선린 우호 관계로 묶여 있어야 마땅할 이웃들이 언제라도 괴물이 될 가능성을 지녔다는 사실은 인간의 사회성 속에 실은 타인을 배척하려는 성향이 은폐되어 있음을 보여주는 건 아닐까? 비록 생존을 위해 공동생활을 선택했지만 공통된 이익이 사라지는 순간 감춰왔던 공격성이 발톱을 드러내며 이웃은 곧바로 잠재적 적이 되는 것인지도 모른다.

〔원문〕

久住令人賤(구주영인천), 頻來親也疎(빈래친야소), 但看三五日(단간삼오일), 相見不如初(상견불여초).

「省心篇(성심편) 下(하)」

〔번역문〕

한곳에 오래 눌러 있으면 사람이 천해지고, 자주 찾아가면 친한 사이도 소원해지나니, 그저 삼오일 봤을 뿐인데도, 대하는 태도가 처음 같지 않느니라.

너무 가까워진 관계가 초래하는 비극으로 권태에 빠진 사랑을 빼놓을 수 없다. 사람 사이의 친밀함은 일정한 선을 넘으면 그 친밀함이 오히려 독이 될 수 있다. 상대를 다 알아버렸다는 오만은 상대를 경시하는 결과를 초래하며, 아무리 친밀해져도 상대를 다 모르겠다는 근원적 낯섦은 상대에 대한 서운한 감정을 부추긴다. 상대를 아직 다 모른다는 서운함도 실은 상대를 다 알아버려야겠다는, 혹은 다 알 자격이 자신에게 있다는 생각에서 나왔기 때문에 결국은 상대를 경시하는 태도로 귀결된다. 그러므로 상대에 대한 외경이 사라지는 순간 사랑의 감정도 권태기에 돌입하게 되는 것이다.

사랑의 권태감과 동일한 원리가 모든 이웃관계에도 적용된다. 상대가 심지어 형제라 할지라도 한 부모 아래 결속하는 관계가 끊기면, 즉 분가하게 되면 논리적으로 남이 된다. 논리적 남이 되면 외려 친밀한 관계를 유지하기 위해 더 노력하게 되지만 과한 친밀함이 불화와 반목의 빌미가 되기도 한다. 왜 그럴까? 서로에 대한 외경을 유지해줄 적당한 거리가 상실되기 때문이다. 형제관계는 애초 거리감 없는 관계였던데다가 각기 분가하여 남이 되고도 이전과 동일한 친밀함을 유지하려다보니 현실과 감정 사이에 모순이 빚어지는 것이다.

그렇다면 진짜 남끼리는 어떠한가? 낯선 이웃과의 잠재된 적대를 친밀함으로 포장하기 위하여 사회적 교제를 통해 우호의 신호를 보낸다 해도 남은 남이다! 타인과 가까워질 수 있는 거리엔 한계가 있다. 물론 그 거리를 좁혀갈 수는 있지만 매우 신중해야 하며 차라리 그 좁혀가는 시간을 무한히 연장하는 게 나을지도 모른다. 오래가는 사랑을 생각해보라! 사랑의 외경을 오래 간직하기 위해 연인들은 일정한 간격을 사려 깊게 유지한다. 그래서 불멸의 사랑은 이루어지지 않은 사랑인 것이다.

비록 그 한계치는 다 다를지라도 타인과 너무 오래 함께하면 상대를 쉽게 보게 되는 위험한 순간이 찾아온다. 인용문에선 이를 '천해진다'고 표현했다. 누군가가 자기 집에 지나치게 붙어 있으면 타인으로서의 존경감이 시들면서 관계가 점점 편안해지다 급기야 상대를 막 대하게 된다. 상대는 천해진다! 그 상대가 나라고 생각해보라. 나는 이웃에게 과하게 접근했고 존엄을 잃었으며 귀찮은 존재로 전락했다. 마찬가지로 이웃을 자주 방문할수록 이웃은 나를 불편해한다. 이웃으로서 스스로 지켜야 할 본분, 상대와의 적절한 거리를 무례하게 무시했기 때문이다. 어디 이웃끼리만 그러하겠는가? 사위를 백년손님이라 부르는 이유를 깊이 성찰해봐야 한다.

4장

교交, 남과의 어울림

32

떠도는 말에 현혹되지 않으려 할 때

연암燕巖 박지원朴趾源의 「열녀함양박씨전烈女咸陽朴氏傳」에는 평생 과부로 수절한 노모가 벼슬살이에서 성공한 두 아들과 나누는 감동적인 대화가 나온다. 두 아들은 자신들의 정적政敵에게 해코지하기 위해 정적의 홀어머니가 훼절했다는 풍문을 이용하려 든다. 이 밀담을 듣게 된 노모는 아들들을 꾸지람하면서 고통스럽게 수절하며 지내온 자신의 지난날을 고백한다. 그녀는 모서리가 다 닳아버린 동전을 아들들 앞에 내놓으며 외로운 밤마다 자신의 목숨을 구해준 벗이라고 소개했다. 어둠 속에서 동전을 굴렸다 찾고 다시 굴리는 일을 반복했던 젊은 여인의 고독과 절망이 형체를 잃어버린 동전 모서리에 담겨 있었다.

노모는 아들들에게 그들 자신도 과부의 자식임을 상기시키고 또 풍문이란 바람이 전하는 말일 뿐이라서 형체도 근거도 없음을 강조한다. 마침내 정적을 벼랑 끝에 몰아 제거하려던 두 아들은 노모를 부여잡고 통곡했으니 아마도 음모는 달성되지 못했을 것이다. 노모의 평생을 한번 상상해보라! 긴 세월 남편 따라 죽지 않고 미망인으로 살아남은 건 자식들 때문이었으리라. 그렇게 살아낸 생이 모질지 않았을 리 없지만 무엇보다 주변의 쑥덕거림이 견디기 어려웠을 테다. 지나가는 남정네 한 번만 쳐다봐도 바람난 암캐란 풍문이 퍼지지 않았겠는가?

그런데 그녀가 맞서 참아내야 했을 더 큰 고통은 실은 그녀 자신의 욕망이었다. 바람난 암캐라는 소문보다 바람난 암캐가 될 수도 있을 것 같은 내밀한 욕망이 그녀에겐 더 참기 힘든 고통이었을 것이다. 풍문이란 그런 것이다. 바람처럼 근거도 없고 이유도 없이 허공을 떠돌지만 누군가의 약점, 가리고 싶고 인정하기 싫은 취약한 지점을 건드리고 지나간다. 누군가의 여리고 순한 피부를 잔인하게 가르고 마치 별일 아니었다는 듯 지나가버리는 바람. 풍문이란 자고로 그런 것이다.

〔원문〕

經目之事(경목지사), 猶恐未眞(유공미진), 背後之言(배후지언), 豈足深信(기족심신)?

「省心篇(성심편) 下(하)」

〔번역문〕

눈으로 경험한 일도 진실이 아닐까 오히려 두려워하거늘, 등뒤에서 했다는 말을 어찌 깊이 믿기에 족하랴?

우리 눈으로 목도한 사건을 확실하게 다시 묘사할 수 있을까? 우리의 기억력은 충분히 객관적인가? 이런 질문들을 던지는 영화가 구로사와 아키라黒澤 明의 〈라쇼몽羅生門〉(1950)이다. 어느 외진 숲길에서 사무라이가 살해되고 이 사건의 관련자 네 명이 각각 자신이 목격했던 사건 정황을 관아에 보고하는 게 이 영화 전체의 줄거리다. 네 명의 목격담은 다 그럴듯하고 개연성도 충분하지만 서로 다르다. 그들은 사건을 자신의 시각에 맞게 조금씩 윤색하고 그렇게 크고 작게 넣거나 뺀 사실들의 최종 구성물은 전혀 다른 이야기를 암시한다. 누가 진실을 말하고 있는가?

누구도 진실을 말할 수 없다는 게 구로사와 감독의 결론이다. 완벽한 진실은 있어본 적이 없고 있을 수도 없다! 어느 누구도 자기의 이해관계나 선입견에서 자유로울 수 없기에 사실과 명제의 일치라는 의미에서 진실을 말할 수 있는 자는 없다. 다만 다수가 진실이라고 믿는 가정을 얻어내기 위해 타협하고 동의할 수 있을 뿐이다. 그러니 내 눈으로 본 일이라 할지라도 그 모두를 확실한 사실이라 확언하기 두려워진다. 아니, 두려워해야 마땅하다. 나는 객관적 사실을 보아 진실을 말할 수 있고, 그래서 내가 본 것만이 진실이라고 믿는 것을 독단론獨斷論이라 한다.

무엇이 진실이라고 천명할 수 있는 자가 독단론자 외엔 없다면, 어떤 사실이 진실이라 확신하지 못하면서도 남들에 대한 소문을 퍼뜨리는 자는 누구인가? 그들 역시 독단론자들인가? 그렇지 않다. 그들은 남의 등뒤에서 바람을 타고 퍼질 헛된 말들을 제조하는 데서 그친다. 그들은 무엇이 진실이라고 결코 말하지 않으며 그럼으로써 말의 자유를 누린다. 그들은 세상을 농담으로 희롱하면서도 결정적 책임은 지지 않으려는 자들이다. 한마디로 그들은 독단론자들보다 무서운 오만한 창조주들이다. 왜 그러한가?

남의 등뒤에서 누군가에 대해 뒷말을 만들어내는 자들은 어차피 세상엔 진실이 필요 없으니 저 스스로 진실을 날조해도 좋다는 무서운 야심을 품은 자들이다. 때문에 그들의 말은 그럴듯하고 개연성이 있으며 일부는 사실에 기초해 있다. 그러나 그렇다고 그들이 자신의 주장을 진실로 내세우진 않는다. 진실은 애초에 없거나 있을 필요가 없기에 그들은 진실을 찾기보다 진실 같은 가설들을 만들어낸다. 이제 생각해보라! 자기가 진실을 안다고 믿는 자와 진실 찾기를 포기하고 그럴듯한 가설들을 날조하는 자, 둘 가운데 누가 더 위험한가?

33

누군가를 비방하고 싶을 때

후한을 대표하는 맹장이자 지략가였던 마원馬援은 늙은 나이임에도 자주 출정했다. 그를 아끼던 광무제光武帝가 걱정할 정도였다. 그러면 그럴수록 마원은 주변 세력 정벌과 반란 진압에 열성적으로 뛰어들곤 했다. 여북하면 '늙을수록 기운이 강성해진다'는 노익장老益壯 고사의 주인공이 마원이었겠는가! 이렇듯 흰 수염의 늙은 장수는 지금의 티베트와 베트남을 오가며 용맹을 떨쳤다. 수도였던 낙양에서 요족한 생활을 누릴 수도 있었을 텐데 그는 왜 이런 무모한 삶을 선택했을까?

마원은 전한을 무너뜨리고 신新을 건국했던 왕망王莽 밑에서 벼슬살이를 시작했다. 왕망과 뜻이 맞지 않았던 마원은 결국 광무제를 도와 왕망 정권을 무너뜨리고 한 황실을 재건하는 데 크게 기여했다. 그는 후한 정권의 핵심 중추이자 황실을 다시 일으켜세운 일등공신이었다. 그런 그가 수도에서의 안락한 삶을 멀리하고 전쟁터로 뛰어든 까닭은 주위의 질투와 의심을 멀리하기 위해서였다. 왜 그렇게까지 해야 했을까?

새로 나라를 세운 황제는 초반엔 권력이 취약하여 주변 원로대신들의 도움을 받게 된다. 그 와중에 대신들은 자기도 모르게 황제를 업신여기는 언행을 하기 쉽다. 이를 마음에 새겨둔 황제는 언젠가 핑계를 잡아 자신을 도왔던 위험한 이인자들을 처단하게 되어 있다. 마원은 이를 두려워했다.

마원의 현명한 처세는 성공했을까? 꼭 그렇지만은 않았다. 그가 지금의 북부 베트남 지역을 정벌하고 낙양으로 귀환할 때 주둔지에 창궐하던 풍토병을 치료하기 위해 복용하던 약재 일부를 수레에 싣고 돌아왔던 모양이다. 그게 율무였다. 그런데 궁궐에선 이상한 소문이 돌기 시작했다. 마원이 남방의 진주를 황제 몰래 싣고 돌아왔다는 괴담이었다. 평소 마원의 행적을 주시하던 사람들의 입을 통해 흉흉한 소문은 사실로 둔갑했고 끝내 마원 일가는 한바탕 혹독한 곤욕을 치르고 만다. 자신을 노리던 간사한 혀들을 피해 평생 군막에서 고생했던 마원조차도 이처럼 비방의 화살에서 자유로울 순 없었다.

〔원문〕

馬援曰(마원왈), "聞人之過失(문인지과실), 如聞父母之名(여문부모지명), 耳可得聞(이가득문), 口不可言也(구불가언야)."

「正己篇(정기편)」

〔번역문〕

마원이 말했다. "남의 잘잘못에 대해 듣게 되거든 자기 부모님 이름을 들은 것처럼 하여 귀로는 들을지언정 입 밖으로 내서는 안 되느니라."

남에 대해 말하기 좋아하는 사람들의 공통점은 비방꾼들을 측근에 두고 남 험담 듣기를 즐긴다는 점이다. 이처럼 남의 약점 들추기 좋아하는 사람들은 끼리끼리 모여 정보를 주고받는 동시에 새로운 소문도 생산한다. 소문의 소비가 곧 생산에 연결되고 듣기가 곧 말하기로 이어진다. 마원은 이 점을 분명히 숙지하고 있었다. 황제의 총애를 입으며 많은 정적들의 눈초리에 노출돼 있었던 그로서는 자칫 누군가의 독한 혀에 온 집안이 풍비박산날 수도, 하지도 않은 짓에 연루되어 비명횡사할 수도 있음을 알았다. 어찌해야 했겠는가?

마원은 우선 정적들이 우글대는 궁궐로부터 물리적으로 벗어났다. 보이지 않으면 말할 거리가 적어지고 그러다보면 잊힌다. 아무리 큰 공훈을 세워도 수도인 낙양에서 이를 누리지만 않는다면 질투의 표적에서 벗어날 수 있다. 그런데 문제가 하나 있었다. 온 일족이 낙양을 떠나 있을 순 없다는 점이다. 일가붙이 한 명이라도 교만에 빠져 미움을 산다면 이는 곧 마원에 대한 의심으로 이어질 것이었다. 인용문은 마원의 이런 고민으로부터 나왔다.

위의 인용문은 마원이 조카들에게 훈계한 내용의 일부다. 친자식들은 어떻게든 단속할 수 있었겠지만 형의 자식들까지 직접 통제하긴 힘들었기에 구구절절 훈계하고 또 훈계했던 것이다. 내용을 살펴보자. 마원은 조카들이 남의 과실에 대해 듣는 것 자체를 막지는 않았다. 아예 듣지조차 않는 것 역시 의심 살 행동인 탓이다. 듣기는 하되 그것으로 멈춰라! 들은 내용을 다시 옮기지 마라! 마원의 요점은 소문의 진상 여부가 확증되지 않는 한 소문의 재생산 시스템에 뭘 덧보태지 말라는 데 있다. 듣지도 판단하지도 않은 채 바보로 살라는 뜻이 결코 아니었다.

남을 헐뜯는 과정을 곰곰이 따져보자. 그건 율무가 진주가 되는 과정에서 여실히 드러난다. 처음엔 마원 장군이 수레 가득 뭔가 싣고 왔다는 말이 나왔을 것이다. 그러다 그게 주변에서 볼 수 없는 희한한 물건이고 뭔가 값진 것일 거라는 소문이 돌았을 것이다. 마지막 단계에서 누군가 마원에게 불리한 말을 슬쩍 첨가하기도 했을 텐데, 이를테면 그 물건이 진주일지 모른다는 추측이다. 이 추측에서 말끝만 살짝 바꾸면 마원이 진주를 한 수레 가득 밀수했다는 결론에 도달한다. 어느 누구도 결정적으로 거짓말을 꾸며내진 않았지만 한 사람을 사회에서 매장할 소문의 극본에 저마다 글 한 줄씩을 보태 넣었다.

귀가 있는 한 누구도 듣는 죄에서 벗어날 길은 없다. 그래서 본질적으로 죄가 안 된다. 하지만 말의 죄는 얼마든 회피할 수 있기에 근원적인 죄다. 아니, 진실에 대해 확인 없이 하는 막연한 비방은 단순한 공모가 아니라 적극적인 인격 살인이다. 영화 〈올드 보이〉는 그 말의 죄를 인류의 원죄로 그려내고 있다. 누군가에 대한 엉뚱한 소문을 전파한 것만으로도 타인의 삶에 심각한 훼손을 가져올 수 있다. 그러한 공격은 칼로 한 것보다 더 깊은 상처, 돌이킬 수 없는 마음의 화인火印을 만들고야 말 것이다. 마원 입장에서 그건 원수를 만드는 길이었기에 남에 대한 험담을 들으면 자기 부모 이름을 입에 올리지 않듯 함부로 입에 담지 말라고 신신당부하고 있다.

마원은 역사의 갈림길에서 중대한 결단을 하고 후한제국을 건설한 영웅이었다. 그런 그가 남의 인심이나 잃지 말자고 조카들에게 입단속을 했을 것 같진 않다. 그는 자신의 막중한 사명을 알았기에 설화舌禍로 인한 정쟁을 피하고자 했고 이를 통해 제국이 영원하길 바랐을 것이다. 조기에 몰락한 제국들의 특징이 개국공신들의 반목과 반란 때문이었음을 그가 몰랐을 리 없다. 한 나라가 그러하며 한 사회가 그러하고 한 가족도 그러하다. 나중에 알고 보면 무의미하고 어처구니없는 말의 실수가 인간관계를 동강내고 만다. 무책임한 인터넷 악플로 인한 사회적 소동도 결국은 말의 남용에 기인한 것이다. 마음을 다잡고 남의 말을 경청하되 과실을 지적하는 말만은 가슴속에만 오래도록 간직하는 습관을 들이면 어떨까.

34

마음을 들키고 싶지 않을 때

공자에게 현대적 의미의 언어철학이 있었을 리 만무하지만 그가 남긴 어록을 통해 짐작은 해볼 수 있다. 공자는 말은 어눌하고 행동은 민첩하게 하는 사람을 선호했다. 때문에 말이 어눌하다는 의미를 가진 '눌언訥言'이란 단어는 꼭 나쁜 뜻만은 아니었고 오히려 칭찬으로 받아들여지기도 했다. 그렇다고 공자가 무조건 과묵한데다 일만 부지런히 하는 사람을 선호했던 것은 아니다. 비록 말수는 적고 어눌하더라도 요긴한 말은 해야만 했는데, 그 말의 내용이 사리에 적중하는 것을 높이 쳤다.

그렇다면 공자가 『논어』에서 언급한 '언필유중言必有中', 즉 '말을 하면 반드시 사리에 적중한다'는 건 어떤 뜻이었을까? 그건 우선 군더더기 없는 말을 의미할 것이다. 내용과 무관한 장식적 요소를 최대한 배제하고 전달하려는 취지만을 간결하게 제시하는 담백한 말이 그것이다. 하지만 그게 전부일까? 적중한다는 표현에는 과녁의 중심을 꿰뚫는다는 뜻이 전제되어 있다. 상대방이 마음속에 그려놓은 과녁 한가운데를 관통하는 말, 그것은 듣는 사람이 인정할 수밖에 없는 말, 사태의 핵심을 들춰 그 아래편에 감춰진 문제를 속시원히 해명하는 말일 것이다.

결국 상대 마음의 중심을 관통하는 간결한 말이란 상대가 처한 상황의 본질을 꿰뚫어보는 통찰력과, 그럼에도 그 상황을 이리저리 에둘러 향유할 의도가 배제된 진실한 애정을 전제한다. 상대가 직면한 상황을 제대로 이해하지 못한다면 말은 의미 없이 겉돌거나 장식적인 인사치레에 머물 것이요, 상대의 상황을 간파했다 하더라도 그 상황에 공감하지 못한다면 오히려 그 상황을 은연중 즐기려하게 될 것이다. 이것이 설화舌禍를 부르게 된다. 『명심보감』에 특히 설화에 대한 언급이 많은 것은 이 문제가 인류에게 얼마나 뿌리깊은 골칫덩이였는지를 웅변해준다.

〔**원문**〕

蔡伯喈曰(채백개왈), "喜怒在心(희노재심), 言出於口(언출어구), 不可不愼(불가불신)."

「正己篇(정기편)」

〔**번역문**〕

채백개가 말했다. "기쁨과 노여움이 마음 안에 있다면 말을 입 밖에 낼 때에 신중하지 않을 수 없다."

백개는 후한의 대학자이자 정치가였던 채옹蔡邕의 자다. 그는 『삼국지연의』에 등장하는 대표적 간웅인 동탁董卓 밑에서 관료생활을 하며 혁혁한 공을 세운 명사이자 후한 말기의 난세 속에 온갖 세파를 겪어낸 생존의 달인이기도 했다. 간신과 간웅이 난무하던 당시는 말 한마디까지 신중하지 않으면 살아남기 어려운 환경이었다. 채옹은 조정에서 말을 일삼는 관료로서 특히 언어에 민감해야 했다. 어떤 전략이 필요했을까?

난세엔 아예 말을 않는 것이 최선이었을 것이다. 아니, 난세가 아니더라도 말은 오해의 원천이므로 말수를 줄이는 게 항상 유리하다. 그러나 말없이 산다는 건 불가능하므로 가급적 지혜롭게 말을 해야 했을 터다. 채옹은 말이 낳을 설화를 줄이기 위해 특히 자신의 마음에 희로애락 같은 격한 감정이 생길 때 하는 말을 신중히 했다.

가장 안전한 말은 불필요한 오해를 만들지 않도록 간결하게 정돈된 말이겠지만 그런 말에는 영양가가 없다. 그런 식으로는 큰일을 못한다. 따라서 말은 간결하지만 상대 마음을 적중시켜야 한다. 상대가 처한 상황, 상대의 욕망, 그리고 상대의 의도까지를 고려해야만 적중시키는 말을 할 수 있다. 가장 낮게는 아첨의 말에서부터 높게는 은미한 직간에 이르기까지 적중시키는 말은 적어도 말하는 자를 해치지는 않는다.

그런데 그런 적중능력이 혼미해지는 순간이 있다. 바로 말하는 자의 개인적 감정이 개입하는 순간이다. 기쁨과 즐거움의 감정은 말하는 자의 냉정을 잃게 하고 말을 과장되거나 비뚤어지게 만든다. 무엇보다 말하는 자의 과잉된 감정은 상대방 마음에 그려진 과녁보다 자신의 마음속에 있는 과녁을 맞히도록 부추긴다. 마음속에 묵혀뒀던 오랜 분노, 상대의 불행에 고소해하는 이기적 희열 등의 감정은 마침내 말실수를 부르고 자신을 누군가의 과녁이 되도록 만들 것이다.

상대방 입장에 집중하며 말해야 하는 삶은 몹시 피곤하며 자신의 속 깊은 감정을 마음껏 발산할 수 있는 삶이야말로 진정 즐겁다. 그래서 술자리에선 누군가에 대한 원망과 비난이 난무하곤 한다. 그럼에도 자신의 감정이 특별히 과열되는 순간만은 혀를 질끈 물고 언행에 조심할 일이다. 난세의 생존자 채옹마저도 동탁이 죽었을 때 슬픔의 감정을 숨기지 못했다가 정적의 모함에 걸려 죽임을 당했다. 자신을 발탁해준 동탁의 은혜에 대한 일말의 유감 때문이었을 테지만 통제되지 않은 감정이 무방비로 노출되자마자 그토록 신중했던 채옹마저 죽음을 피하지 못했다. 말하는 동물의 삶이란 참으로 고되고도 고되다!

35

속마음을 털어놓을지 망설일 때

'이 몸이 죽고 죽어 일백 번 고쳐죽어'로 시작되는 「단심가丹心歌」를 정적 이방원李芳遠 앞에서 읊조렸다는 정몽주鄭夢周는 자신이 지었던 시조 제목처럼 일편단심의 화신이었다. 훗날 아버지 이성계를 몰아내고 태종이 된 야심가 이방원은 '이런들 어떠하리 저런들 어떠하리, 만수산 드렁칡이 얽혀진들 어떠하리'라며 쓸데없는 지조를 버리고 어울려 살자는 취지의 「하여가何如歌」를 불러 정몽주의 속마음을 미리 떠봤다고 알려져 있다. 다 사실이었을까?

서로 마주본 이방원과 정몽주가 「하여가」와 「단심가」를 번갈아 읊조렸을 것 같진 않다. 대신 두 편의 시조는 자신의 의지를 드러내는 서로 다른 두 방식을 극명히 보여준다. 이방원의 방식은 철저히 은유적이다. 칡넝쿨이 이리저리 얽히듯 한몸처럼 어울려 살아보자는 말 속엔 어떤 직접적 회유도, 위협도 없다. 암시적인 유혹과 은밀한 제안이 담겨 있긴 하지만 표면에 드러나 있진 않다. 얼마든지 발뺌할 여지가 마련돼 있다.

반면 정몽주의 시조는 단호하게 직설적이다. 한 치의 재해석 가능성마저 배제한 채 자기 의지를 강력하게 주장하고 있다. 시의 주제가 일편단심이니 그럴 수 있었겠다 싶기도 하지만 도가 지나쳐 공격적으로 보일 정도다. 이 시조 내용을 전해들은 이방원으로선 정몽주를 살려둘 수 없었을 것이다. 아니, 살해 시기를 더욱 촉급하게 앞당겼을 가능성이 높다. 알다시피 살해 방식도 몹시 난폭하여 철퇴로 정몽주 머리를 부숴버렸다고 한다. 자살하려는 게 아니었다면 고려왕조를 살리겠다는 조정 중신이 그렇게까지 솔직할 필요가 있었을까?

〔**원문**〕

逢人且說三分話(봉인차설삼분화), 未可全抛一片心(미가전포일편심), 不怕虎生三個口(불파호생삼개구), 只恐人情兩樣心(지공인정양양심).

「言語篇(언어편)」

〔**번역문**〕

사람과 만나 대화할 땐 열 가운데 셋만 말하고, 속생각을 모조리 털어놓진 말아야 하니, 호랑이 아가리가 셋인 걸 무서워 말고, 사람 마음 이중적인 걸 두려워하라.

자기 속마음을 다 드러내서라도 상대에게 경고해야만 했던 정몽주의 정치적 절박함은 충분히 이해할 만하다. 하지만 그의 과도한 솔직함은 정치가로서 마땅히 가져야 할 신중함과 여유의 미덕을 잃고 있다. 정몽주는 적어도 무장의 아들인 다혈질 이방원보다 더 여러 겹의 위장막으로 자신을 감춰야 했다. 그랬다면 상대는 승리감에 도취해 안심했거나 상대의 심중을 파악하지 못해 안으로 움츠러 들었을 것이다. 어느 경우건 정몽주에게 유리한 결과였다. 그는 왜 그리도 서둘러 자기를 다 드러내고 말았을까?

다양한 이유가 있었을 터이다. 정몽주의 성격이 조급했을 수도 있고 이방원 세력이 실제보다 허술해 보였을 수도 있다. 물론 술 때문이었을 가능성도 있다. 그러나 이 모두를 부차적 원인으로 만들어 버린 보다 근본적 이유는 따로 있다. 그것은 정몽주의 지나친 자기 확신이다. 누구나 자기를 믿지만 아주 다 믿지는 않기에 타인에 의해 변할 확률을 일정 정도는 남겨둔다. 나는 나 자신을 다 알지 못한다! 따라서 자아는 스스로를 완벽히 통제할 수 없기에 남의 관점들을 두루 수용하며 끝없이 바뀌게 된다. 일신우일신日新又日新!

하지만 정몽주는 달랐다. 그는 자기 자신을 충분히 안다고 믿었고 타인에 의해 변할 여지도 두지 않았다. 정몽주는 자신의 일편단심을 주저 없이 확신했고 그런 확신이 지나치게 단호한 언어로 표현되고 말았다. 결국 그의 비극적 죽음의 원인은 자기 마음에 대한 과도한 믿음에 있다. 물론 충절이라는 강력한 마음이 우유부단함에서 나올 순 없겠고 자기 확신 없는 용기가 어불성설이라는 데 토를 달 사람은 없으리라. 그러나 충절과 의리를 세상에 현시하는 것에서 더 나아가 망해가던 고려를 끝까지 지켜내고자 했다면 그의 선택은 좀 더 신중해야만 했다.

평범한 일상인의 삶에서도 자기 마음을 확신하는 자가 더 많은 말을 쏟아내곤 한다. 그런 사람들은 상대방을 의심할 줄 모르는 바보라서가 아니라 자기 마음을 너무나 확신하고 있기에 말에 망설임이 없게 되고, 망설임이 없으므로 말할 기회가 많아지며, 말할 기회가 많아지다보니 약점도 더 많이 들키게 된다. 반면에 자기 마음에 자신이 없기에 늘 여지를 두는 사람들은 비록 상대를 의심하지 않을지라도 말수가 적고 표현에 신중하다. 때문에 의도치 않게 상대방들의 약점을 많이 보게 되며, 마음만 먹으면 전략적으로 움직여 최후의 승자 자리를 차지하기 쉽다.

자기 마음에 자신 없는 사람들이 모두 간신은 아니지만 세상의 모든 간신들은 자기 마음에 확신이 없는 자들이다. 그들은 자기 마음을 빈칸으로 비워두고 신중히 변화를 준비한다. 품어선 안 될 마음도 없고 꼭 품어야 할 마음도 애초에 없다. 그러다보니 상대에 대한 의심도 더욱 발달하게 되고 사용하는 말은 은유와 암시로 모호해진다. 그들은 말수가 적고 항상 마지막까지 자기표현은 미룬다. 그런 자들을 앞에 두고 어떻게 처신해야 할 것인가? 호랑이 아가리 셋보다 무서운 사람 마음의 이중성을 짐작한다면 하고픈 말의 열의 일곱은 그냥 가슴속에나 담아둬야 하리라.

36

독점욕 강한 사람이 주변에 있을 때

질투의 본질은 무엇인가? 가장 초보적인 질투심은 나보다 잘난 사람을 미워하는 좌절한 경쟁심이다. 상대와 경쟁하려는 승부욕은 있으나 막상 경쟁력은 없을 때, 자신을 능가하는 사람을 이유 없이 헐뜯고 미워하게 된다. 그러나 자신을 능가하는 상대가 아예 더욱 강해져서 압도적이 되고 나면 부질없던 경쟁심도 잦아들고 질투심도 한풀 꺾이게 마련이다. 문제는 이런 단순한 경쟁심이 아니라 실존의 안정감을 지키려는 욕심에서 발로한 전략적 질투다.

전략적으로 질투하는 사람은 상대방의 재능이나 외모를 질투하지 않는다. 오히려 그는 그것을 사랑하며 소유하려 든다. 상대방의 장점을 기꺼이 인정하되 이를 자기 옆에 두고 향유하며 궁극적으론 단속함으로써 자기 것으로 만들려는 전략이다. 이렇게 누군가의 미덕을 자기 영향권의 울타리 안에 가두고 마치 제 것인 양 길들이려는 행위는 일종의 절도다. 왜냐하면 한 사람의 빛나는 미덕은 또다른 훌륭한 누군가의 미덕과 접촉하여 변화 발전할 때 진정한 가치를 발휘하는 법인데, 그것이 누군가와의 제한된 관계 안에만 갇히면 끝내 평범하게 소비되다 사장되기 때문이다.

결국 시샘 많은 사람은 옆 사람의 타고난 재능의 발전을 재능 없는 자기 수준 정도에서 억제하려 하며, 오직 그렇게 할 때만 자신의 실존이 안정되는 평온함을 얻는다. 겉으론 상대방의 훌륭한 점을 칭찬하고 있지만 실은 그 훌륭한 점이 자신의 칭찬 없이는 존립할 수 없음을, 아니 존립해서는 안 됨을 선언하고 재확인하는 것이다. 이렇게 전략적으로 질투를 구사하는 시샘 많은 사람은 자신이 사적으로 소유했다고 착각하는 친구와의 우정을 지키기 위해 다른 사람들의 접근을 막는 타고난 강박증도 지니고 있다.

〔원문〕

荀子曰(순자왈), "士有妬友則賢交不親(사유투우즉현교불친), 君有妬臣則賢人不至(군유투신즉현인부지)."

「省心篇(성심편) 上(상)」

〔번역문〕

순자가 말했다. "선비에게 질투 많은 벗이 있으면 현명한 사람과의 사귐이 이뤄질 수 없고, 임금에게 질투 많은 신하가 있으면 현명한 인재들이 가까이 오지 못한다."

순자가 지적하려는 내용의 핵심을 살펴보자. 친구를 독점하려는 질투심 많은 사람은 자기 친구가 맺게 될 새로운 교제를 훼방한다. 당연하지만 한 인간을 새로운 지평으로 올려놓는 현명한 사귐이란 대개 기존의 안정을 깨는 변화의 형식으로만 출현한다. 살던 대로 사는 한 변화는 없고 삶의 비약도 없기 때문이다. 때문에 교제의 단절은 다른 현명한 벗과의 충격적 만남을 지레 차단하는 효과를 낳는다. 결국 놀던 물에서 한 치도 벗어나지 못하게 된다.

이는 정치 지도자에게도 해당한다. 임금을 자신의 영향권 밖으로 내돌리지 않기 위해 시샘 많은 신하는 새로운 인물의 등장을 전력을 다해 막는다. 질투심에 사로잡혀서가 아니라 기존의 구조가 주는 평온함을 지키기 위해, 혹은 변화가 몰고 올 위기를 미연에 방지하기 위해 잠재적 경쟁자들을 제거한다. 이렇게 되면 훌륭한 인재들은 임금에게 접근할 수 없다. 기존의 삶의 질서는 수호되고 샘 많은 신하의 지위 역시 공고해지겠지만 세상은 변화가 불가능해질 것이고 마침내 몰락할 것이 뻔해 보이지 않는가!

단순한 질투와 달리 전략적으로 구사되는 시샘은 그 근본이 탐욕에 있다. 타인의 재능을 절취하려는 탐욕, 타인의 재능이 더 큰 힘을 지녀 퍼져나가는 것에 대한 불안, 끝내 자신의 통제를 벗어난 그 미덕이 세상에서 객관적으로 인정받을 것에 대한 두려움, 한마디로 자신의 존재 의미가 무너질 것에 대한 초조한 염려가 그것이다. 자기 정체성만을 소중히 여기는 이 이기적 탐욕은 타인의 재능을 거세시키려는 욕망에 다름아니다. 때문에 자기 주변에 자기만 못한 사람이나, 자기보다 낫긴 하지만 자기에게 의존해야만 하는 무능한 사람만을 두고 싶어하는 사람들이 그리도 많은 것이다.

조지 오웰의 소설 『동물농장』에는 스탈린을 의인화시킨 나폴레옹이란 돼지가 나온다. 나폴레옹은 자신의 경쟁자 스노볼을 제거하고는 아무도 더 훌륭하지 않은, 아니 훌륭해질 수 없는 평등한 전체주의 농장을 건설한다. 그의 관심사는 변화가 아니라 변화하는 척하면서 아무것도 변하지 않는 이상한 세계의 건설에 있다. 그 과정에서 도태된 스노볼은 트로츠키를 가리키는데, 이 똑똑한 돼지는 나폴레옹이 겉으론 원하는 척했지만 실제론 몹시 두려워한 '삶의 총체적 변화'를 이루려 지나치게 헌신한 지식인을 비유한다. 나폴레옹은 소설 마지막 장면에서 자신이 축출했던 농장주 존스처럼 두 발로 걷기 시작하면서 인간과 구별되지 않는 기이한 모습으로 변화한다. 변화를 가장한 이런 퇴행이 어디 꼭 동물농장에서만 일어나겠는가?

37

이별을 고려하고 있을 때

〈허공에의 질주〉(1988)라는 다소 우스꽝스러운 제목의 영화를 본 건 반지하 방에서 한창 박사학위 논문을 준비하던 지난 세기말이었다. 요절한 천재 배우 리버 피닉스가 주연이었다. 피닉스는 사회주의 혁명가 출신 부부의 두 아들 중 장남인데, 폭발 테러 전력이 있는 부모가 신분을 감추기 위해 도피할 때마다 애써 적응한 환경과 모든 인연을 끊고 사라지는 데 익숙하다. 이 쫓기는 가족의 덧없는 도주가 허공에의 질주라니! 아무튼 마지막 장면에서 장남의 음악적 재능을 알아본 부부는 피닉스에게 '다른 미래'를 선물하고 사라진다. 부모와 동생의 질주로부터 벗어난, 아니 탈락한 피닉스 앞에 놓인 슬프게 설레는 미래 때문에 오래 슬퍼했던 기억이 새롭다.

〈시네마 천국〉(1988) 때도 그랬던 것 같다. 장님이 된 알프레도 영감이 섬을 떠나는 토토를 불러 귓가에 대고 '돌아오지 마'라고 속삭일 때, 형언할 길 없는 감회에 복받쳐 울음이 쏟아졌다. 두 눈물의 코드에는 인연의 단절이란 공통점이 있다. 아주 많은 세월이 흘러 정신분석을 제대로 공부하고 나서 어느 날 문득 나 자신의 분석에 성공했을 때, 아뿔싸, 이 코드의 비밀이 힘차게 밝혀지고 말았다. 그건 바로 아버지와의 단절, 그와의 은밀하고도 완전한 단교와 이를 애도하기 위해 보낸 긴 세월의 흔적이었다.

1984년 겨울, 아버지는 새 이부자리와 이불을 제기시장에서 사신 뒤 조금 더 망설이다 베개 하나를 더 사셨다. 집을 떠나 하숙생활을 시작한 장남에게 준 그의 마지막 선물이었다. 아버지와의 지상의 인연이 그처럼 짧게 끝날 줄 몰랐던 아들은 두려움과 기대로 이불을 덮으며 이를 이별과 독립의 확고한 증좌로 삼고자 했다. 그 순간엔 세상에 영원한 이별 같은 것은 없으며 누구나 자기가 출발한 지점으로 반드시 회귀하게 된다는 진리를 전혀 몰랐다. 사람과의 인연이 의외로 억세고 질기며, 한번 접어든 길을 끝끝내 벗어나지 못할 수도 있음을 깨닫기 위해 나는 아주 많은 희생을 치러야 했다.

〔원문〕

景行錄曰(경행록왈), "恩義廣施(은의광시), 人生何處不相逢(인생하처불상봉)? 讐怨莫結(수원막결), 路逢狹處難回避(노봉협처난회피)."

「繼善篇(계선편)」

〔번역문〕

『경행록』에서 말했다. "은혜를 널리 베풀어라. 사람이 살다보면 어디선들 만나지 않으랴? 원수를 맺지 마라. 좁은 길에서 마주치면 피하기 어렵나니."

도가 계열의 수신서인 『경행록』이 지어졌을 14세기 전후 원나라 상황에서 동아시아 사람들 대부분은 매우 적은 인간관계로 엮여 있었다. 일부 성시城市를 제외하면 농촌사회인 향촌공동체에선 고작 작은 마을 하나가 인간관계의 전부였을 수도 있다. 그럴 경우 작은 사회 안에서의 평판은 한 사람의 운명을 좌우하며, 사소한 원한도 치명적일 수 있었을 것이다. 위 인용문은 그런 상황으로부터 유래한 인생철학이다.

물론 중세사회라 해도 일부 대도시 지역은 상대적으로 익명화됨으로써 소외된 현대사회와 흡사했을 터, 『경행록』이 묘사하는 세계보다 훨씬 개인주의적 성향이 팽배해 있었을 것이다. 이를테면 개인의 정신적 자유를 추구한 장자 철학이 이를 대표한다. 하지만 그렇다 해도 인구 밀집지역인 도성만 벗어나면 바로 농촌이었을 테니 이웃 간의 화합과 분쟁의 방지는 당시 최고의 사회적 목표였을 것임에 틀림없다. 널리 은혜를 베풀어 후일을 도모하고 언제 보복당할지도 모를 원한관계는 아예 맺지도 않으려는 태도가 그런 배경에서 터득된 것일 테다.

그런데 이러한 노회한 태도 이면엔 농업공동체 구성원들의 이기적 자기 보존 본능을 넘어선 더 깊은 진실, 인간관계가 물류의 이동을 닮아 일회적이 돼버린 상업지역에선 차츰 잊히고만 진실, 바로 삶이 단순한 반복이라는 진실이 숨겨져 있다. 삶은 지루하고 단순한 반복이다! 어제 만난 사람을 다시 만나고 오늘 겪은 일을 머잖아 다시 겪는다. 그건 농경사회가 직면해 늘 고려해야 했던 자연의 주기성을 닮아 있다. 해와 달은 떠오르면 정확히 다시 지고 사계절은 어김없이 제때에 또 시작된다. 이런 주기적 시간에 맞춰 살던 사람들에게 '한 번 보고 말 사람'이란 본디부터 존재치 않았을 것이다.

그렇다면 고도로 자본화된 현대인들이 진즉에 상실해버린 공동체 정신 근저에는 반복되는 삶의 율려律呂, 만난 사람 다시 만나고 어제 갔던 길 내일 되풀이 걸어야 하는 실존의 리듬감이 놓여 있었음에 틀림없다. 우리는 그런 오래된 박자감각을 잃어버린 채 무언가 어제와 완전히 다른 새로운 세계를 열었다고 착각하며 살고 있는 건 아닐까? 복수에 대한 소심한 두려움 때문이 아니라, 무한히 반복될 우주의 일부로 타인들을 받아들였기에 그들과의 화해에 최선을 다해야 했던 중세 공동체로부터 우린 아직 더 많은 걸 배워야 한다. 그러하기에 명절마다 아버님 계신 곳을 찾을 때면 나는 조금은 더 따사로운 사람이 되곤 한다.

38

이기려는 마음을 이겨내고 싶을 때

어린아이가 부모로부터 독립하여 자존감을 획득해가는 과정은 생각보다 힘겹다. 자기 혼자 먹이를 구할 수 있게 되면 어미와의 애착관계를 곧장 청산해버리는 야생동물들과 달리 문화적 존재인 인류는 부모와의 관계를 평생 유지해야 하기 때문이다. 심지어 이미 세상을 떠난 부모의 기억과도 동거해야 하는 게 인류다. 그만큼 부모와 자식 사이의 애증은 깊고도 복잡하다.

처음엔 자식을 압도하는 지배자나 보호자였던 부모는 차츰 자식의 보살핌을 필요로 하는 피동적 존재로 전락해간다. 이렇듯 자식의 삶을 압도적으로 통제할 수 있었던 존재가 죽음을 통해 사물로 변화하는 게 인생이다. 자식이 이 극적 변화의 어느 단계에서 부모와 대등해지고 마침내 그들을 도와야 하는 위치로 진입하는지는 모호하다. 아마도 그 순간이 자식이 부모에게서 확고히 독립하는 결정적 지점일 터이다.

어떤 자식은 아주 이른 나이에 독립해 스스로 일가를 이루지만 어떤 자식은 평생 부모에게 얹혀산다. 평범한 사람들은 이 두 극단 사이 어디쯤 분포될 것인데, 전자에 가까운 조기독립형과 후자에 가까운 캥거루형으로 나눌 수 있겠다. 조기독립형 인물은 이른 나이에 부모에 맞서 자기를 주장하며 자기 고유의 영역을 누구로부터도 빼앗기지 않으려 한다. 그들의 성정은 굳세고 경쟁심이 발달해 있다. 반면 캥거루형은 부모와 타협하기를 좋아하고 혼자 돋보이는 자리엔 나서지 않으려 한다. 항상 유화적인 태도를 유지하므로 대인관계가 원만하지만 의존적이다. 자, 두 유형 가운데 당신은 어느 쪽인가?

〔원문〕

景行錄云(경행록운), "屈己者(굴기자), 能處重(능처중), 好勝者(호승자), 必遇敵(필우적)."

「戒性篇(계성편)」

〔번역문〕

『경행록』에서 말했다. "자기를 굽히는 자는 귀중한 자리에 처할 수 있고, 이기기 좋아하는 자는 반드시 적을 만나게 된다".

인용문이 언뜻 병렬구조처럼 보이지만 인과구조를 지닌 문장임에 유의해야 한다. 병렬구조로 읽을 때 이 글의 교훈적 메시지는 그저 평범해 보이겠지만 앞의 명제가 성립되는 원인을 뒤의 명제가 설명해주는 인과구조로 읽으면 다른 시각을 만난다. 물론 문법적으로는 '~하고, ~하다'의 병렬적 해석을 따르게 된다. 하지만 문맥에 담긴 깊은 뜻을 유추하다보면 자기를 굽히는 것과 이기기 좋아하는 것이 서로 반대 상황일 수 없음이 드러난다. 말하자면 이 문장은 아기 캥거루 흉내를 내는 호랑이 새끼, 우선은 자기를 굽히지만 미구에 승리자가 되려는 야심가에 대한 경종일 수 있다.

자기를 굽히는 자는 결국 양보하는 자다. 그들은 타인의 진로를 터주기 위해 기꺼이 자기 몫을 희생한다. 언뜻 도가의 신선이나 불가의 보살을 떠올릴 수 있다. 하지만 그런 경지에 이르기가 어디 쉬운가? 자기를 굽히는 행위 저변에는 대부분 그 행위로부터 얻을 모종의 이익에 대한 고려가 도사리고 있다. 그것은 남들의 호의나 칭찬과 같은 심리적 향유일 수도, 물질적 보상이나 리더로의 추대 등 현실적 이득일 수도 있다. 자기를 굽히면 더 큰 걸 얻는다! 이것이 동양의 전통적 처세술이다.

하지만 역사를 돌이켜보면 어떠한가? 자기를 굽혀 큰 권력을 얻은 자들, 이른바 귀중한 자리를 차지한 자들 중 상당수가 부하들에게 배신당하거나 자기 권력에 도취하여 권좌에서 쫓겨났다. 진짜 굽히지 않았기 때문이다. 진심으로 자기를 굽히기 위해선 남을 이기겠다는 호승심好勝心, 타인의 내면을 공략해 내 수중에 넣겠다는 전략적 술수를 버려야 한다. 겉으론 자기를 굽히는 것 같지만 그것이 장기적으로 남을 굽히기 위한 지적 획책에 지나지 않는다면 결과는 불을 보듯 뻔하다. 소기의 목적을 달성한 순간 자기를 굽히던 태도는 사라지고 오히려 남을 굽히려 들 것이다. 귀중한 자리도 당연히 잃게 된다.

따라서 일반적으로 알려진 바와는 달리 위 인용문이 주는 교훈의 핵심은 자기를 굽힐 줄 아는 처신에 있지 않다. 교훈의 방점은 바로 뒤에 이어지는 문장, 즉 이기기 좋아하는 자는 반드시 적을 만난다는 사실에 찍혀야 한다. 이기기 좋아하는 마음을 감추고 자기를 굽히는 것, 이것이야말로 가장 교활한 형태의 승부근성이기 때문이다. 바보가 아닌 이상 누구도 적을 만들려 노력하진 않는다. 능란한 승부사는 자신의 목적 달성을 위해 발톱을 감추고 자세를 한껏 낮춘다. 문제는 그 목적이 이뤄지고 난 뒤다.

세상엔 비굴하게 자기를 낮추기만 하는 사람도, 미련하게 이기기만을 좋아하는 사람도 없다. 그저 낮출 줄만 알고 적극적 행동은 하지 않거나, 무조건 닥치는 대로 이기고 보려는 사람들은 바보에 지나지 않는다. 따라서 그런 사람들은 논외로 치자. 위 인용문이 전하려는 핵심 지혜는 자기를 굽히는 처세가 진정성을 얻으려면 살며시 감춰둔 이기려는 마음, 즉 호승심을 먼저 버려야 한다는 것이다. 자기를 굽히는 태도와 남을 이기려는 마음이 서로 배치되지 않고 뒤섞여 있는 탓이다. 세상엔 남을 이겨 지배하려는 승부욕을 안으로 감춘 거짓 자비나 동정이 넘쳐난다.

그렇다면 무엇이 진짜 귀중한 자리인가? 타인을 이기기를 단념하여 자기를 굽힌 자에게 주어진다는 귀중한 자리, 그게 살아생전의 권좌도 사후의 명예도 또 주변의 선망도 아니라면 과연 무엇인가? 바로 여백의 자리다. 자기를 내세워 남을 이기기를 열망하며, 근본적으론 삶이 공허하여 무의미한 욕망의 오물들로 자아를 채우고 살던 자들이 비로소 그 안에서 휴식을 취할 수 있는 여백, 청정한 빈 공간, 삶의 본질을 반성케 하는 오아시스, 지지만 결국은 다른 방식으로 이기고야 마는 고요한 무無다. 자기를 굽히고 이기기를 포기한 이 귀중한 무의 자리를 차지하려면 부모와 경쟁하여 독립을 쟁취하려는 섣부른 오만도, 부모의 사랑을 차지하기 위해 스스로를 거짓 매력으로 꾸미는 가식의 복종도 결연히 버려야 한다.

39

군자와 대장부로 살아가고자 할 때

공자와 맹자가 활약하던 춘추전국시대에 보통 군자라고 하면 '권력을 지닌 통치자'를 의미할 뿐이었다. 백성들에 대해 지배권을 행사하는 군자가 반드시 덕이 있을 필요는 없었으며, 당연히 덕치를 실천한 정치 지도자도 거의 없었다. 그러므로 덕을 소유한 인자한 통치자가 인의仁義로써 백성을 다스린다는 상황은 일부 유가학파가 설정한 이상에 불과했다. 예컨대 전국시대 유가학파 가운데서도 가장 영향력이 컸던 순자 계열은 성악설에 기초해서 강제 교육과 제도 시행을 자발적 덕성보다 강조하고 나섰다. 우리의 상식과 달리 성선설과 덕치를 강조한 맹자는 소수파에 속했던 것이다.

군자가 덕을 소유한 자, 즉 유덕자로 각인된 것은 송나라 때부터였다. 물론 그 이전부터 군자에 대한 의론은 있어왔지만 특히 송대에 성리학이 등장하면서 인물을 품평하는 기준으로 군자와 소인을 자주 끌어들이곤 했다. 이를 군자소인지변君子小人之辨, 즉 군자와 소인이 서로 나뉘는 문제라고 한다. 송나라 성리학자들은 그 이전까지 소수파였던 맹자 계열을 유가의 정맥으로 삼고 『논어』 『맹자』 『중용』 『대학』을 중심으로 한 사서四書 체제를 확립했다. 맹자에 따르자면 덕이 없는 자는 애초 통치자가 될 수 없으며, 설령 통치자가 된다 해도 백성들이 역성혁명으로 얼마든지 갈아치울 수 있다. 이제 통치자의 덕성은 통치 행위에 필수적인 전제 조건으로까지 승격된 것이다.

송나라 성리학을 국시로 삼았던 조선에서 군자와 소인에 관한 논쟁은 더욱 치열해졌다. 그 발화 시점은 당쟁이 격화됐던 시기와 정확히 일치한다. 동인과 서인으로 갈려 16세기에 등장한 정치당파들은 자신들을 군자당으로 내세우며 상대방은 소인당으로 폄하했다. 누가 군자냐는 문제는 정치적 생존의 문제가 되었던 셈인데, 그 안에 맹자가 꿈꾼 이상정치의 비전은 사라지고 없었다. 백성을 이끌 덕을 갖춘 군자는 당파적 이익을 수호해줄 거물급 인사를 칭하는 용어로 타락하고 말았다.

군자가 덕을 사칭한 위선적 인물, 즉 위학군자僞學君子로 전락한 반면 대장부의 위상은 거꾸로 높아만 갔다. 장부라 하면 의로운 기상을 숭상하는 강직한 남성을 가리키는바, 주로 임진왜란 전후 열혈남아들이 스스로를 대장부라 자처하곤 했다. 호남의 천재 시인이면서 무예를 겸비했던 백호白湖 임제林悌 같은 인물이 그런 유형이었다. 세조의 왕위 찬탈에 반대해 목숨을 바친 사육신에서부터 이토 히로부미를 암살한 안중근에 이르기까지 절의를 위해 사생결단의 행동을 마다하지 않았던 이 인물들은 내면의 덕보다 외부로 드러날 무장다운 의기義氣를 강조했다.

〔원문〕

酒中不語(주중불어), 眞君子(진군자), 財上分明(재상분명), 大丈夫(대장부).

「正己篇(정기편)」

〔번역문〕

술 마시는 도중에 쓸데없이 진지한 말을 하지 않으면 참된 군자요, 재물 문제 처리를 분명히 하면 위대한 장부다.

이 인용문은 기왕의 군자론과 대장부론을 묘하게 비틀고 있다. 군자의 요건을 거창한 이념이나 덕성에서 찾지 않고 술 마시며 과묵할 줄 아는, 어찌 보면 소소하고도 시시한 능력에서 찾고 있다는 점에서다. 기껏 그 정도가 군자의 조건이라면 시정잡배라도 쉽게 할 수 있을 것이기에 전통적 군자상의 위엄을 놀려먹으려는 불순한 의도까지 내비친 셈이다. 그까짓 군자 짓은 누구나 할 수 있다! 마찬가지로 대장부란 게 별것도 아닌 것이 돈 주고받는 일 하나만 분명히 할 것 같으면 곧 대장부가 되는 것이다. 그렇게 보니 군자와 대장부 되는 게 별일도 아니다.

물론 『명심보감』 특유의 이러한 해학에는 지배층의 위선적 통념을 뒤집으려는 도가적 능청스러움과 세속의 반어적 지혜가 담겨 있기도 하다. 허나 그럼에도 불구하고 이 통렬한 입담 속에는 번뜩이는 현실적 통찰이 서려 있다. 군자라 하면 모름지기 자기를 지켜내는 신념의 화신이어야 하지 않겠는가? 그런데 얼마나 많은 자칭 타칭 군자들이 술자리에서 제 한몸 제대로 못 가누고 심지어 해서는 안 될 요설로 세상을 희롱했던가? 결국 이 말은 군자의 덕은 보이지 않는 신비한 내면이 아니라 일상사의 구체적 처신에서 발휘되어야 함을 강조한 표현이다.

마찬가지로 대장부란 게 긴 칼 마구 휘두르며 대의를 떨치거나 거대한 역사의 현장에서 영웅으로 옥쇄하는 인물이 아니라, 그저 남의 돈 잘 갚고 소비와 지출이 딱 부러지는 등 계산 분명히 하는 인물에 불과한 것이다. 돈 계산이 딱딱 맞아들게 하려면 세상사 사리에 두루 밝아야 하고 일상의 작은 문제도 분명하게 처리해야 한다. 돈 문제조차 두루뭉술하게 넘어가면서 장부라 할 순 없는 법이다.

술을 마시는 상황은 자기를 간수하기 어려운 상황이며, 돈 문제로 얽히는 상황은 남과의 관계를 건사하기 어려운 상황이다. 술을 마시며 내면의 악마를 진압하기란 매우 힘겹다. 또한 돈을 두고 남들과 관계를 맺으며 번잡한 이해관계를 현명하게 정리하기란 지난하다. 내면에서 꿈틀대는 비합리적 충동을 통제했을 때 비로소 어진 덕이 승리했다 할 수 있고, 재물 문제로 사회관계를 허물지 않을 수 있어야 대의를 주장할 명분이 설 수 있다. 자고로 언뜻 미미해 보이는 술 문제, 돈 문제야말로 한 인간에 대한 총체적 평가를 좌우할 궁극의 승부처다.

40

공격하고 싶은 마음을 억누르고자 할 때

동양 병법가들이 가장 중시한 건 강력한 군율과 하급병사의 사기 진작이었다. 이 둘을 동시에 이루기 위해 군율을 어긴 상급 장교나 장수를 처벌하는 경우가 매우 많았다. 유명한 '읍참마속泣斬馬謖' 고사를 만들어낸 제갈량을 비롯해 약속시간에 늦은 귀족의 목을 벤 사마양저司馬穰苴, 군율의 지엄함을 보이기 위해 오나라 왕 합려闔閭가 총애하던 미희를 참수한 손자孫子에 이르기까지 수많은 군사軍師들이 본보기 처형을 통해 기율을 잡고 사기를 올렸다. 반대의 경우도 있었다. 부하들의 종기를 직접 입으로 빨아준 오자서伍子胥는 병사들의 자발적 헌신을 유도하기 위해 장수로서의 위엄마저 기꺼이 내버렸다.

강태공으로 일컬어진 여상呂尙이란 인물은 동양 역사 최초의 병법가였다. 은나라 말기에 태어나 주나라 개국에 큰 공을 세운 그는 『육도六韜』와 『삼략三略』이라는 병서의 저자로도 전해진다. 이 병법서들이 여상의 직접 저술들인지는 미심쩍지만 어쨌건 그의 병가 사상이 어느 정도 녹아들어 있긴 할 것이다. 이 때문인 듯 후대의 모든 위대한 병법가들은 그의 전략 사상으로부터 많은 영향을 받게 되었다.

『명심보감』에 등장하는 강태공 관련 항목들은 대부분 삶을 전쟁으로 비유한 호전적인 내용들과는 거리가 멀다. 대결이나 투쟁을 선동하기는커녕 오히려 타협과 평화를 주장한다. 전쟁터에서 잔뼈가 굵은 싸움의 귀재가 과연 이런 말들을 했을까, 했다고 해도 과연 진심이었을까 의심이 들 수 있다. 하지만 진짜 잘 싸우는 사람은 아예 싸움을 시작하지 않는 자라는 말이 있듯이 외려 그러한 평화 지향적 언급들 속에 여상의 진면목의 자취가 남아 있는 건 아닐까?

〔원문〕

太公曰(태공왈), "欲量他人(욕량타인), 先須自量(선수자량), 傷人之語(상인지어), 還是自傷(환시자상), 含血噴人(함혈분인), 先汚其口(선오기구)."

「正己篇(정기편)」

〔번역문〕

강태공이 말했다. "다른 사람을 헤아리려거든 먼저 스스로를 헤아려야 하나니, 남을 상처 주려던 말이 도리어 자신을 해치고, 피를 머금어 남에게 뿜으면, 먼저 자기 입이 더러워지느니라."

강태공의 말 속에선 싸우려는 자의 결기 대신 싸우기 전의 두려움과 망설임이 느껴진다. 제갈량이나 손자에게도 전쟁의 개시를 신중히 결정하려는 냉정한 모습이 보이지만 『명심보감』에 등장하는 강태공처럼 전쟁 자체를 불신하지는 않는다. 동양 병법가들은 전쟁을 피할 수 없다고 판단하는 순간 냉혹한 전략가가 되어 승리를 향해서만 전진하는 자들이었다. 그들에게 전쟁 자체에 대한 회의는 패배를 의미할 뿐이었다. 때문에 사랑하던 부장의 목을 치고 하급병사와 똑같이 밥 먹고 동일한 병영에서 취침하기를 마다치 않았던 것이다.

물론 강태공 역시 일단 전쟁터에 투입되면 뒤돌아보지 않고 승리를 쟁취하려는 냉혹한 승부사였을 것이다. 하지만 전쟁이 가져올 피해, 전쟁이 끝나고 난 뒤 그 잔해 속에 맞이할 다음날 아침의 씁쓸한 뒷맛을 미리 얘기하는 존재는 강태공이 유일하다. 위의 인용문이 그러한데, 아마도 늙은 나이에 무장으로 성공했기에 싸움의 허망함을 그 누구보다 깊이 사색한 탓이 아니었을까? 은나라 정벌을 마칠 무렵 그의 나이는 이미 쇠약할 대로 쇠약해진 노년이었고, 당연히 전쟁의 참상을 반성하는 강도도 강했을 것이다. 주로 중년 무렵 병법가로서 절정기를 맞이했다가 허망하게 전사하거나 정쟁에 휘말려 제거된 다른 인물들과 이런 점에서 차이가 있다. 전쟁터의 지략가로서 성공하고 나서도 천수를 누린 강태공이나 장자방張子房이 지혜의 화신으로 추앙받은 데에는 다 이유가 있는 셈이다.

인용문 첫 구절은 병가의 일반 상식, 즉 잘 싸우는 자는 자기를 잘 아는 자라는 말을 변형시킨 표현처럼 보인다. 그러나 바로 이어지는 말들을 고려할 때 꼭 그렇지만은 않음이 드러난다. '남을 알고 자기를 알면 백번 싸워 백번 물러섬이 없다'고 했을 때의 그 '앎'이란

'승리를 위한 계산'을 뜻한다. 반면에 강태공이 말한 '량量', 즉 '헤아린다'는 표현은 싸움 뒤의 결과를 재고 이를 염려한다는 의미가 강하다. 따라서 타인을 헤아린다는 것은 타인이 장차 입을 피해를 헤아려본다는 것이다. 누군가에 대한 미움이 공격으로 연결되려면 상대가 나의 공격으로 인해 직면할 피해를 구체적으로 상상하고 그것이 나에게 쾌감을 불러일으켜야만 한다.

보통 사람이라면 나의 공격이 초래할 상대방의 피해를 상상하는 것만으로도 싸움은 시작하기도 전에 멈출 것이다. 자신이 투하한 폭탄에 사지가 잘려나가는 적들의 모습을 상상하는 폭격기 조종사는 없다. 적이 추상적일수록 공격은 과감하고 잔인해진다. 따라서 타인을 헤아리는 것만으로도 싸움을 저지하는 효과가 있다. 그럼에도 싸움이 벌어질 확률을 제로로 만들기 힘들기에, 즉 나의 공격이 타인에게 미칠 결과가 불러일으킬 쾌감을 완전히 제거할 수 없기에 강태공은 먼저 자기 모습부터 상상해보라고 권한다. 공격당할 상대방을 상상하기 전에 반격당할 자신의 모습, 혹은 공격 행위 때문에 내가 감수해야 할 것들을!

남을 상처 줄 목적으로 한 비수 같은 나의 말은 곧바로 내게 되돌아 날아온다. 성내며 한 비방과 욕설 들은 고스란히 내 마음에 반향을 남겨 내 심성의 안정을 교란하고 황폐화시킨다. 비유하자면 상대방을 모욕하기 위해 더러운 피를 머금어 뿜자면 먼저 내 입이 더러워져야 하는 이치다. 싸우기 전에 싸움으로 망가질 내 모습을 먼저 상상해보면 그 싸움으로 인해 상대방이 입을 피해는 목전의 급선무가 될 수 없다. 내가 잃어버릴 것을 정면으로 헤아리고 염려한다면 칼은 칼집 속으로 되돌아가야 한다.

41

사람들과 함께 걸어야 할 때

세상 사람 모두 좋다고 박수 치는 행복한 상황에서도 이를 불행으로 받아들일 사람은 어딘가 반드시 있게 마련이다. 이렇게 소리 없이 불행해지는 사람들을 배려하지 못한다면 우리가 누릴 행복은 완전하다 할 수 없으리라! 이것이 영화 〈여고괴담1〉이 보여주는 진실 아닌가? 학교의 무관심과 동기들의 따돌림 속에 외롭게 지내다 사고로 죽은 소녀 진주가 끝내 원혼이 되어 학교를 떠나지 못하고 계속 교실 한구석에 남아 있었다는 섬뜩한 설정은 이른바 왕따 현상으로 알려진 사회문제의 실상을 고발하고 있다. 때문에 우린 우리가 잊고 있던 소외된 누군가를 항상 기억으로 소환해야 한다. 일등이 아닌 꼴찌들을, 기록과 무관하게 마라톤을 완주했던 무명의 사람들을. 햇살이 강해질수록 그들에게 드리운 그늘도 짙어지는 법이니까.

수나라에서 당나라로 왕조가 바뀔 무렵, 중국엔 수많은 영웅호걸들이 등장해 천하를 도모코자 했다. 이 난세를 다룬 중국 고전소설이 『규염객전虯髥客傳』이다. 주인공 규염객은 용처럼 생긴 수염을 기른 신비한 영웅으로 역시 동시대의 호협 이정李靖을 만나 황제가 될 계략을 꾸민다. 그 와중에 또 한 명의 걸출한 호걸 이세민李世民을 직접 만나 누가 천하를 경영할 주인인지 가리려 하게 된다. 결과는 규염객의 패배. 훗날 당태종이 될 이세민의 골상에서 자신을 능가할 기세를 발견하고 중원에서 물러나 부여국 왕이 됐다는 이 규염객이 연개소문淵蓋蘇文이라는 설도 전해온다.

규염객과 이정 그리고 이세민이 천하를 두고 일합을 겨루고 있을 무렵, 관료로서 은인자중하며 조용히 세상을 관리했던 허경종이란 인물도 있었다. 허경종은 수나라 말기에 관료가 됐으나 현명한 처세로 당나라에서까지 벼슬살이를 이어간 철저한 현실주의자였다. 그는 늘 강자를 알아보고 그 옆에 섰는데, 언뜻 허수아비처럼 무능해 보였지만 결국 권력의 실세가 되는 노련미를 갖추고 있었다. 이를테면 그는 절세영웅 당태종 편에 가담했다가도 권력이 끝내 못난 아들이었던 고종高宗으로 넘어갈 것 같자 똑똑했던 다른 황태자들을 미련 없이 버리고 고종을 추대했다.

허경종의 실리적 처세를 극명하게 드러내주는 또다른 일화가 있다. 바로 못난이 고종이 황후를 내쫓고 무측천武則天을 새 황후로 들인 사건이다. 훗날 남편을 무시하다못해 아들들마저 독살하고 여황제가 된 무측천은 누가 봐도 위험한 인물이었다. 그럼에도 허경종은 대세가 무측천에게 돌아갈 것 같자 황후를 몰아내는 편에 가담했다. 그는 더 나아가 철두철미 무측천의 사람이 되어 반대파를 숙청하는 데 앞장섰다. 그에 대한 역사의 평가는 엇갈리는바, 좋은 머리를 곡학아세에 써가며 제 한몸 생각만 했다는 측과 비록 세파에 순응했지만 약자들을 보살피고 난세를 다독임으로써 세상은 세상대로 제대로 돌아가도록 조력했던 음지의 영웅이라는 측이 대립해 있다. 어떤 얼굴이 진짜 허경종이었을까?

〔원문〕

許敬宗曰(허경종왈), "春雨如膏(춘우여고), 行人惡其泥濘(행인오기니녕), 秋月揚輝(추월양휘), 盜者憎其照鑑(도자증기소감)."

「省心篇(성심편) 下(하)」

〔번역문〕

허경종이 말했다. "봄비가 내려 풍경이 기름져지더라도 길을 걷는 사람들은 질척대는 땅을 싫어하고, 가을 달빛이 찬란하게 빛나더라도 도둑들은 세상이 환히 밝아지는 걸 미워한다."

영웅적 세계관을 지닌 사람들은 선명한 선악관을 가지고 있다. 자신이 선의 편이고 상대는 악의 화신이다. 그런데 재미있는 건 자신의 패배가 확실해지면 규염객 같은 모진 승부사들도 기꺼이 상대를 인정한다는 사실이다. 영웅적 인물들은 흑백논리로 세상을 보기 마련이어서 성패가 갈리게 되면 자신을 이긴 자를 세상의 선으로 받아들인다. 그야말로 승자독식의 논리다. 이런 관점에서라면 삶의 패자들은 조용히 소멸되어야 마땅하리라. 하지만 허경종이라면 어떠했을까?

허경종은 선과 악, 좋고 나쁨, 옳고 그름이 보는 이의 시각에 따라 달라진다고 믿었다. 대지를 촉촉이 적시는 반가운 봄비도 길을 걷는 자들에겐 방해물에 지나지 않는다. 따라서 현명한 자는 봄비가 오지 않아도 근심하고 봄비가 내려도 근심에 빠진다. 이렇게 세상 모든 일이란 누군가에겐 좋고 누군가에겐 나쁘기 마련이어서 선뜻 편들 수 있는 일관된 선이란 존재하지 않는다. 이를 증명하기 위해 허경종이 든 두번째 비유가 아주 재밌다. 세상을 찬란하게 비추는 가을 달빛은 누구나 사랑하지만 어둠을 필요로 하는 직업을 가진 도둑에겐 밉살스런 불청객일 뿐이다. 도둑의 눈에 가을 달의 풍경은 들어오지 않는다. 그는 생존하기 위해 남들이 꺼리는 칠흑 같은 밤을 원한다. 그렇다면 도둑을 위해 가을 달 위로 구름이라도 끼어야만 할까?

그렇다! 가끔 어두운 밤도 필요한 것이다. 도둑은 모조리 붙잡아들여야 하지만 도둑질 아니면 먹고살 수 없고 그래서 좀도둑질 아니면 더 큰 범죄로 내몰릴 자들이 세상엔 있다. 그들 모두를 잡아넣을 감옥도 없었거니와 현실적으로 구제할 예산도 없었던 그 당시 당나라 형편에 하늘은 더러 흐릴 필요도 있었던 셈이다. 다만 도둑은 잡히면 엄벌에 처하고 세상을 조금씩 도둑질이 필요 없는 곳으로 만들어가면 될 뿐 아닌가! 다소 황당하지만 바로 이게 교활할 정도로 냉정한 현실주의자 허경종의 속마음이었다.

내리는 봄비를 욕하며 걷거나 어두운 밤이 오길 바라던 자들은 대부분 가난한 서민들이었을 터, 허경종은 귀족들에게나 통할 영웅적 선악관을 기꺼이 버리고 백성들의 냉엄한 현실의 관점에서 세상을 바라봤다. 사회를 적절히 관리할 수만 있다면 무능한 황제도 꼭 나쁘지만은 않았듯 여황제도 얼마든 나올 수 있는 것 아닌가? 세상을 원만하게 유지하려면 승자의 입장만이 아니라 패자들의 처지에서 만물을 바라볼 필요도 있지 않은가? 수레가 없어 제 발로 진흙탕을 걸어야 하는 자들, 도둑질 아니곤 살아남기 어려운 자들, 이런 약자들의 눈으로 바라보면 이긴 자들의 시선에선 보이지 않던 것들이 보인다. 향유하는 자들의 시각 위에 향유가 박탈된 자들의 시각을 겹쳐 보는 것, 바로 이것이 허경종의 처세 비법이었다. 우리의 행복이 누군가에겐 불행일 수도 있음을, 세상엔 영웅만 존재하지 않음을 항상 염려해야 할 것이다.

5장

화和, 슬기로운 모듬살이

42

윗사람이 분노를 자제해야 할 때

광해군 시기 서북면을 방비하던 장수 박엽朴燁은 용감하고 지략이 출중한 무인이었지만 서인西人들이 중심이 되어 광해군을 몰아내고 인조를 옹립한 인조반정 이후 바로 처형되었다. 훗날 연암 박지원을 배출할 반남 박씨 가문의 일원으로서 당연히 서인에 몸담아야 했을 박엽은 고집을 부려 광해군의 대북大北 정권에 참여했었다. 따라서 반정을 일으킨 서인 정권은 광해군 밑에서 힘깨나 썼던 인물들을 모조리 제거해나갈 때 평안도 병권을 틀어쥐고 있던 배반자 박엽을 가장 먼저 숙청하지 않을 수 없었다.

박엽은 지나치게 잔인하다는 명분으로 숙청됐다. 이는 그가 그만큼 청렴했다는 증거이기도 하다. 서북면 방어태세를 강화하는 과정에서 그가 보인 엄중한 군율은 동원된 관과 민 모두에게 두려움을 불러일으켰다. 그는 명령을 어긴 자들에게 예외 없이 가혹한 형벌을 내렸고 때론 처형했다. 이러한 강력한 전시 체제의 유지는 지도자의 청렴 없이는 불가능하다. 때문에 만약 박엽이 건재했더라면 인조반정 이후 발발한 병자호란 때 서북면 조선군이 그리 쉽게 궤멸되지는 않았으리란 추측도 얼마든지 가능하다. 박엽은 비록 잔인했지만 다가올 전쟁의 기운을 미리 감지하고 맹렬히 전투태세에 돌입했던 야전형 장수였다.

박엽의 인간적 풍모는 정조대 재상 채제공蔡濟恭이 남긴 글 「이충백전李忠伯傳」을 통해 엿볼 수 있다. 평양의 싸움꾼 이충백의 일화를 다룬 이 글에서 박엽은 잔인무도하기 그지없는 인물로 묘사된다. 자신이 총애하던 기생과 간통한 이충백을 사살하라 명하는 평안감사 박엽은 언뜻 몹시 치졸해 보이며, 천 명을 살해해야 모진 업에서 벗어나리라는 그의 말은 섬뜩하다. 하지만 인질로 체포된 아비를 구하기 위해 이충백이 평안감사 감영에 출현했을 때 박엽이 보인 태도는 잔인함과는 거리가 멀다. 그는 이충백의 뛰어난 무예와 호기로움을 확인하고는 오히려 자신의 부하로 삼는다.

결국 박엽의 잔인함은 인조반정을 일으킨 서인들에 의해 과장된 측면이 많으며, 설령 상당 부분 사실이라 할지라도 전쟁을 목전에 둔 장수에겐 불가피한 측면도 있었다. 그의 난폭한 성격이 치명적 약점이 된 순간은 반정이 일어나고 자신의 운명을 평안도 관민들의 손에 맡겨야 했을 때였다. 서북면 방어라는 차원에서는 훌륭한 장수였을 수도 있었을 박엽은 반정 상황에서는 무력하기 짝이 없었다. 저 자신의 안위뿐만이 아니라 나라의 국방을 위해서라도 서북면 군권을 유지해야 했지만 반정 세력의 공격을 막아줄 유일한 힘인 민심은 이미 돌아서버린 뒤였기 때문이다.

〔원문〕

當官者(당관자), 必以暴怒爲戒(필이폭노위계), 事有不可(사유불가), 當詳處之(당상처지), 必無不中(필무부중), 若先暴怒(약선폭노), 只能自害(지능자해), 豈能害人(기능해인)?

「治政篇(치정편)」

〔번역문〕

벼슬을 담당하는 자는 갑자기 성내는 것을 필히 경계해야 하나니, 일에 잘못된 점이 있을 때 마땅히 자상하게 타이르다보면 사리에 맞게 되지 않을 리 없거니와, 만약 버럭 화부터 낸다면 고작 자기만 해칠 뿐이니 어찌 남을 해칠 수나 있으랴?

벼슬에 앉은 자의 잦은 분노는 무능을 감추는 다른 방법일 뿐이다. 버럭 성부터 내는 관리는 스스로의 무능을 회피하기 위해 문제의 모든 원인을 타인에게 전가한다. 문제점을 제공한 원인이 모두에게 있을 수 있고, 심지어 명령을 제대로 내리지 않은 자신에게 있을지 모른다고 여긴다면 여간해선 화내기 힘들다. 따라서 난폭하고 성마른 관리의 분노는 자신과 백성들 사이에 높은 벽을 쌓아 깊은 괴리감을 만드는 어리석은 짓이다. 사려심 없이 성부터 내는 목민관에겐 철통같은 자기방어는 있지만 타인을 운명공동체로 끌어안는 공감의 문은 없다.

윗사람의 분노는 설득력의 부족으로 인한 무능의 다른 표현이면서 동시에 지나친 위기의식의 소산이기도 하다. 국경 방어에 전력을 다하기 위해 백성들을 몰아친 박엽처럼, 설득하고 타이르기보다 난폭하게 꾸중하려드는 관리자들은 공통적으로 자신이 매우 심각한 위기 상황에 놓여 있다고 판단한다. 물론 위기 상황은 존재하며 해당 상황은 시급히 종료되어야 한다. 하지만 아랫사람들도 위기 상황을 똑같이 인지했다면 윗사람이 성낼 일을 만들지는 않는다. 위기 속에서 아랫사람들은 윗사람이 성내기도 전에 먼저 움직인다! 그들도 살기 위해서다. 그런데 윗사람 혼자만 버럭버럭 화내고 있다는 것은 그의 상황 판단이 지나치게 과장돼 있다는 증거다. 이처럼 성잘 내는 윗사람들은 위기라는 말을 입에 달고 살지만 정작 위기에서 자신을 도울 아랫사람들의 마음을 얻는 데는 실패한다.

아랫사람들의 마음을 얻지 못한 윗사람은 필연코 일에 실패할 것이다. 분노하고 윽박질러 독려해봐도 상황 설명을 통해 아랫사람들을 설득하지 못한 그의 공허한 분노는 자신을 해칠 뿐이다. 명분 없는 분노는 타인의 다른 분노를 낳을 뿐이기에 자신을 해칠 뿐 누군가를 해칠 영향력조차 없음이 분명하다. 분노와 폭력조차 진정 누군가를 해치기 위해선 설득력이 있어야 한다. 때문에 설득과 명분 없는 윗사람의 분노는 아랫사람들에겐 그저 재수 없는 사고에 지나지 않는다!

박엽은 인조반정 직후 죄인으로 체포되기 직전 많은 선택 앞에 놓여 있었다. 국경 멀리 망명할 수도 있었고 서북면 병권을 담보로 정권과 협상을 벌일 수도 있었으며 심지어는 병력을 모아 반란을 일으킬 수도 있었다. 하지만 그 모든 결단엔 반드시 민심의 동의가 필요했다. 평안도 백성들이 망명하는 그에게 길을 터주고, 평안도 병력 대부분이 그의 명령에 복종해줄 때에야 그 모든 결정을 실행에 옮길 수 있었다. 평소 성 잘 내고 잔인하기로 평판이 나버린 박엽에겐 불가능한 결단이었다. 그는 온순하게 포승줄에 묶여 한양으로 이송된 뒤 조용히 형장의 이슬로 사라졌다.

43

지도자로 성공하고 싶을 때

윈스턴 처칠은 불독 같은 외모와 달리 섬세하고 유머러스한 성품으로 유명했다. 정치가 잘 안 풀리거나 곤경에 처했을 때 열심히 그림을 그리곤 했다. 겉으로 여유 있는 척한 게 아니라 그는 실제로 뛰어난 화가였다. 시가를 문 불굴의 정치가와 템스 강변에서 팔레트를 든 화가의 모습은 언뜻 서로 겹쳐지지 않는다. 하지만 처칠이 지닌 지도자로서의 위대한 면모가 바로 여기에 있다. 현재 자기가 지닌 지위와 명예를 싹 비워낼 수 있는 예술가적 기질은 현실에 대한 정직하고 투명한 통찰로 그를 인도했던 것이다.

수많은 정치 지도자들을 나락으로 떨어뜨린 치명적 약점들엔 공통점이 있다. 바로 지나친 자기 확신이다. 몇 차례의 자수성가와 또 몇 번의 천행으로 높은 지위에 오른 자들은 자신의 성공 과정에서 빈틈없이 다져진 아집을 좀체 버리지 못한다. 그들은 성공에 이를 때까지 자신이 남들로부터 받은 시혜의 의미를 축소하거나 무시하며 자신이 남들을 위해 하는 일에는 지나치게 높은 가치를 매긴다.

자신이 지닌 특별함에 도취됐기 때문이다.

예술가적 기질이라 하면 독선적 기행이나 사회성이 결여된 광기를 떠올리기 쉽다. 낭만주의 이후 유럽 예술가들의 영향 탓이리라. 하지만 현실의 실리적 이해타산을 초월해 세계의 아름다움에 외경을 품는 겸손함이야말로 예술의 핵심이다. 예술가들은 자신을 아끼지 않으면서 진정한 미에 헌신하는 사람들이다. 이러한 헌신의 미덕은 세계에 봉사하는 정치 지도자의 그것과 잘 어울린다. 처칠이 지녔던 원숙한 자기 절제, 농담을 즐기던 품 넓은 겸허가 바로 여기서 발원한다. 아집을 비워내고 세상의 다양함과 낯섦에 마주할 줄 아는 화가의 마음이 타인들이 처한 현실에 정직하게 직면해 그들을 이해하고 나아가 보듬을 수 있는 탄력적인 영혼을 탄생시켰던 것이다.

〔원문〕

素書云(소서운), "薄施厚望者(박시후망자), 不報(불보), 貴而忘賤者(귀이망천자), 不久(불구)."

「存心篇(존심편)」

〔번역문〕

『소서』에서 말했다. "베푸는 데는 야박하고 바라는 것만 많은 자는 보답받지 못할 것이요, 귀해지고 나서 비천했던 때를 잊는 자는 오래가지 못할 것이다."

『소서』라는 책의 저자는 황석공黃石公인데, 한나라 개국공신이자 책사였던 장량張良의 스승으로 알려져 있다. 그는 진秦나라 말 혼란기에 태어나 장차 정치 지도자가 갖춰야 할 덕목들을 정치 책략의 관점에서 제시했다. 제자 장량은 스승이 비밀스레 전수해준 이 책 속의 지혜를 몸에 익혔기에 정계에서의 진퇴를 현명하게 결정했고 개국공신 중 해피엔딩을 맞이한 유일한 생존자가 되었다. 유방을 도와 한을 세웠지만 결국은 정권에 의해 살해된 한신韓信과 뚜렷이 대비되는 인생이다.

황석공의 지혜의 핵심은 나를 낮추고 상대를 예우하는 데 있다. 일견 너무 단순하고 뻔한 말 같지만 결코 그렇지 않다! 이 말이 성공가도로 내달리는 젊은 야심가가 아니라 이미 상당한 지위에 오른 원숙한 지도자를 염두에 두고 있음에 주목하자. 성공에 목말라 무슨 짓이든 해야 하는 자에게 겸손이나 희생은 선택이 아니라 의무다. 그들은 자기 사람을 모으기 위해 적극적으로 은혜를 베풀고 머리도 곧잘 조아린다. 하지만 어느 정도 안정기에 돌입하면 그 마음이 눈 녹듯 풀려 애초의 겸손은 온데간데없고 점점 품위와 위세를 갖춰가기 시작한다.

지도자의 입에서 품위와 격조라는 말이 남발된다는 건 그만큼 그가 현실로부터 괴리되고 있음을 증명해주는 현상이다. 품위나 격조가 왜 강조되는가? 그 자신이 그런 존재라는 뜻이기에 앞서 자신을 그런 존재로 예우하라는 음험한 명령이다. 이제 나는 예전의 하찮은 존재가 아니라 매우 귀한 존재가 됐으니 그때와는 달리 보아달라는 엄중한 요구인 것이다. 이런 요구가 나온 배경에는 앞으로 베풀기보다 뭔가를 받아야겠다는 심보, 이미 충분히 줄 만큼 줬으니 앞으론 너희들이 내게 봉사하라는 타산적 주판알이 작동하고 있다. 결국 적게 베풀면서도 바라기는 태산 같은 이기적 지도자가 등장하게 된다.

황석공은 지도자의 몰락을 두 단계로 나누고 있다. 처음에 지도자가 점점 인색하게 굴면 아랫사람들 또한 지도자가 바라는 대로 움직이지 않으려 한다. 아랫사람들도 지도자처럼 손해보지 않으려 마음속 주판알을 튕기기 때문이다. 이것이 '보답 받지 못하는' 단계다. 다음으로 지도자가 아예 자신의 과거를 망각하고 마치 태어나면서부터 신적인 존재인 양 군다면 아랫사람들은 마침내 지도자를 갈아치운다. 이것은 '오래가지 못하는' 단계로 망국이나 실위失位 직전의 상황이다.

장량은 진 제국의 반역자로 낙인찍혀 진시황에게 쫓기던 젊은 시절의 고난을 잊지 않고 있다가 생의 절정기에 과감히 은퇴하는 용단을 내렸다. 비천했던 시절의 현실 감각을 잃지 않고 있었기에 주변의 질투와 의심이 초래할 재앙을 민첩하게 피할 수 있었던 것이다. 은둔한 장량을 너그럽게 받아준 무수한 부하들과 민중들이 있었을 터이니 이는 '보답 받은 것'에 해당하는 것이며, 출세하기 전의 질박했던 생활의 감각을 유지했을 터이니 천수를 누려 '오래간 것'에 해당하는 것이다.

44

마음이 성말라졌을 때

하늘로부터 타고난 선한 본성이 천성天性이라면 세속의 존재로서 터득한 인간적 감정은 인정人情이다. 천성을 고양하여 성인의 경지에까지 이르려 하는 존재가 선비이고 속된 현실에 적응하여 남과 더불어 생활하려는 자들이 필부필부다. 필부필부들에게 귀중한 건 아득한 하늘의 이치가 아니라 목전에 당면한 구체적 생활의 질서다. 목전의 생활의 질서는 하늘과 무관하게 사람들의 묵은 관습으로 만들어져 있다. 이를 인정물태人情物態라고 한다. 인정물태를 무시하면 필부필부들의 삶도 끝장난다.

조선후기 중인층中人層의 주요 구성원이었던 아전衙前이나 서리胥吏 집단은 공고한 이익단체를 만들어 조직적으로 활동했다. 중앙 관료조직에선 역관譯官들을 중심으로 부를 축적했고 지방 관아의 하급 서리들도 부정부패를 통해 제 배를 채웠다. 목민관들과 결탁한 아전배들의 독직瀆職 사건이 얼마나 횡행했으면 정약용 선생이 『목민심서』를 통해 관료사회 정화를 학문의 제일목표로 삼았겠는가?

그런 지방 아전들이 드물게 내려오던 청렴한 고을 원을 구워삶기 위해 강조했던 게 바로 인정이었다. 한양과 달리 인정으로 얽혀있는 향토사회는 엄격한 법리法理로만 다뤄선 안 된다는 것이 그들의 입장이었다. 그들은 인정이란 명분하에 사또에게 기생을 대주고 술자리를 벌였으며 고을 토박이들이 꿰차던 좌수座首나 별감別監 자리를 제 사람들로 채웠다. 아무리 청렴했던 고을 원도 몇 달만 지나면 『춘향전』의 변사또가 되는 판이었다.

그렇다면 인정이란 척결의 대상인가? 인정이 공도公道를 무시하는 사사로운 정리라면 당연히 그렇다! 하지만 천리조차 인정을 통해 실현되듯이 인정머리 없는 사회는 그 몰인정함으로 인해 몰락한다. 중국 법가 사상의 대표자였던 상앙商鞅은 자신이 만든 여권법 때문에 국경을 넘지 못하고 죽임을 당했다. 사정은 이러하다. 상앙은 효율적인 법가 통치로 진秦나라 효공孝公 때에 벼락출세한 인물이었다. 하지만 효공이 죽고 자신을 미워하던 태자가 즉위하자 상앙은 숙청될 위기에 몰린다. 망명하기 위해 도주하던 그는 여권 없이는 국경을 벗어나지 못하도록 한, 예전에 저 자신이 만든 법에 저촉돼 탈출하지 못한다. 마지막에 '법의 폐해가 나에게까지 미치는구나!'라고 탄식했다고 한다. 엄혹한 법의 폐해를 자신이 겪고서야 깨달았던 것이다.

〔원문〕

凡事留人情(범사유인정), 後來好相見(후래호상견).

「戒性篇(계성편)」

〔번역문〕

모든 일에 인정을 남겨둔다면, 나중에 만나기 좋아지리라.

모든 지엄한 공법은 천리를 모델로 만들어진다. 천리란 인간의 정리를 끊은 숭고한 하늘의 논리가 아닌가? 따라서 사소한 인정 탓에 저지른 실수도 일단 공법의 그물에 걸릴라치면 크나큰 대가를 치러야 한다. 약속시간에 늦어 신호등을 위반해 횡단보도를 건넌 사람은 딱지를 떼고 벌금을 내는 곤욕에 직면한다. 물론 신호는 준수해야 하겠지만 인정상 예외도 있는 법이거늘 한 치의 오차 없는 하늘의 운행처럼 법은 말없이 차갑다. 기계처럼 냉정하고 하늘처럼 인생사에서 멀리 떨어져 있는 법의 세계는 프란츠 카프카의 소설 『심판』에 나오는 세계처럼 무미건조하고 부조리하다.

우리가 사는 세상은 천리와 인정이, 하늘과 땅이, 공법과 사심이 슬기롭게 엇물려 돌아가는 곳이다. 공법으로 대표되는 하늘의 이치는 인류의 윤리적 삶을, 인정물태로 대표되는 세속의 이치는 인류의 정감적 삶을 이루고 있다. 에토스와 파토스, 이성과 관능, 숭고와 비속이 서로를 배척하지 않아야만 사람의 세상살이가 더욱 편안해진다. 하늘의 법도 사람의 생활을 위해 존재한다는 사실과, 그럼에도 인정이 지나쳐 사욕으로까지 발전해선 안 된다는 사실을 동시에 인정해야 하는 것이다.

인용문은 천성과 인정의 차이와 같은 거창한 문제를 다루고 있진 않다. 대신 우리 삶에 더 밀접한 인간관계의 문제를 살짝 지적하고 말 뿐이다. 하지만 그 담긴 뜻은 깊고도 웅숭깊다. 누군가와 인정을 남겨두지 않는다면, 냉정하고 논리적인 계산만으로 관계를 정산한다면, 그 관계는 보이지 않는 곳에서 금이 가 다시 만나기 힘든 지경에 이를 것이다. 사람의 감정을 무시한 이해타산은 당장의 교제를 마무리하기엔 더없이 좋다. 더치페이로 끝나는 회식, 밀린 빚을 깨끗이 돌려받은 후련한 미팅, 오래 묵은 감정을 화풀이로 되갚은 동창모임 등등. 하지만 다음을 기약하지 않은 냉정하고 깔끔한 만남은 관계 자체의 청산까지 암시하고 있음을 알아야 한다.

인정을 남겨둔다는 것은 두부모를 반듯하게 썰듯 뭔가를 단호히 결정해버리지 않고 놓아둔다는 것을 뜻한다. 무언가를 미진하게, 다양한 여지를 남긴 채 방임한다는 것은 다음의 만남을 기약하기 때문이다. 다음에 다시 보아야 하기에, 그때 기분좋게 보아야 하기에 우리는 인정을 남겨 둔다. 따라서 다음 약속을 예비하려고 음식 값을 서로 먼저 계산하려드는 필부필부의 마음을 공법을 만들고 집행하는 자들은 알아야 한다. 다시 만날 사람을 상대하려는 법이라면 결코 권위적이거나 잔혹하지 않을 테니까.

45

친화력을 얻고자 할 때

중국 공산당 최고지도자 시진핑은 젊은 시절 부친의 정치적 몰락과 더불어 당적을 잃고 변방으로 내쳐졌다. 이처럼 당으로부터 버림받고 지방의 한직으로 내몰리는 것을 하방下放이라 부른다. 하방 직후 시진핑의 행적은 잘 알려져 있지 않다. 아마도 극심한 불안과 공포로 점철된 삶을 살았을 것이다. 마침내 민중들의 삶 속에 뛰어들어 그들의 호의를 얻어내고 또 이를 통해 재기의 발판을 마련하는 과정에서 그는 큰 깨달음에 이르렀던 것으로 보인다.

시진핑이 깨달은 내용은 사자성어로 이미 널리 알려져 있다. 그와 그의 아내가 외국을 방문할 때 즐겨 한다는 서예 선물도 이 성어이고, 시진핑 부부가 후원하는 고향 마을 학교 교문에 쓰인 글귀도 이 성어이며, 시진핑의 모교인 칭화 대학의 교훈도 바로 이것이다. 후덕재물厚德載物! 시진핑 주석이 자기 삶의 경구로 삼은 이 말은 '덕을 두텁게 하여 만물을 실어 기른다'는 뜻으로 『주역』을 그 출전으로 한다. 땅의 미덕을 표현한 이 말은 하늘의 성격을 묘사한 자강불식自强不

息과 짝을 이루고 있다. 하늘은 스스로 굳건하여 쉬지 않고, 땅은 두터운 덕으로 만물을 지탱한다!

시진핑이 이토록 땅의 덕을 강조하는 이유는 뭘까? 자강불식이라는 강인하고 역동적인 하늘의 이미지를 놔두고 왜 하필 수동적이고 정적인 땅일까? 이는 시진핑의 하방 경험과 관계있다. 그는 중앙당 엘리트 그룹 속에서 유복하게 성장한 다른 지도자들과 달리 변경의 노동자 농민들과 애환을 같이하며 정치적 삶을 모색했다. 시진핑이 믿을 건 하늘의 후원이 아니라 땅의 신뢰, 공산당이 내려주는 특권이 아니라 농민들이 보내주는 후원뿐이었다. 하늘도 물론 항구여일恒久如一하긴 하지만 땅과 다른 방식으로 그러하다. 매일 해와 달이 떴다 지듯이 하늘은 쉼 없이 움직인다. 불변은 불변이되 변화 속의 불변이다. 시진핑은 그런 세련되고 복잡한 불변성보다 묵직하고 투박하지만 간결하고 선명한 땅의 안정성을 선호했던 것이다.

〔원문〕

曾子曰(증자왈), "朝廷莫如爵(조정막여작), 鄕黨莫如齒(향당막여치), 輔世長民莫如德(보세장민막여덕)."

「遵禮篇(준례편)」

〔번역문〕

증자가 말했다. "조정에선 벼슬만한 게 없고, 동네에선 나이만한 게 없으며, 세상을 돕고 백성을 기르는 데에는 덕만한 것이 없다."

조정에서의 질서는 벼슬의 위계로 정해지고 마을의 질서는 나이에 따라 정해진다. 벼슬의 높낮이와 나이는 모두 수와 관련되어 있다. 헤아려 서로 구분할 수 있는 것들이다. 마치 하늘의 별자리가 제 위치가 있듯이, 뭇별들이 북극성을 중심으로 벌여 있듯이 조정과 마을은 위계질서에 따라 정연하게 배치되어 있다. 차별의 세계다! 하지만 세상을 돕고 백성을 기르는 건 차별 없는 마음이라야 가능하다. 그게 덕이다. 증자가 말하는 덕은 세거나 헤아려 잴 수 없는 것, 헤아리는 행위를 초월해 있는 것, 무엇도 재지 않고 공평하게 대해주는 것, 결국 만물을 평등하게 실어 지탱해주는 땅의 덕인 것이다.

물론 증자는 땅이라고 말하지는 않았다. 하지만 세상을 돕는다거나 백성을 기른다는 표현은 땅을 전제한다. 하늘은 위에서 덮어주지만 땅은 아래쪽에서 도울 따름이며, 또 하늘은 비를 내려 백성들에게 시혜하지만 땅은 묵묵히 길러줄 뿐이다. 따라서 백성들을 도와 길러주는 것은 하늘의 질서나 규율이 아니라 백성 곁에서 함께하며 그들을 잘 견디도록 보살펴주는 땅의 무던한 인내인 것이다. 그런데 증자는 왜 이런 말을 했을까?

증자 입장에서 춘추시대 정치는 지나치게 권위적이었다. 몇몇 패권을 쥔 지도자들이 약소국을 합병해가며 세력권을 넓혔고, 그들에게 최고의 미덕은 강한 군사력과 엄격한 통치술이었다. 이를테면 규율과 기강을 정하여 능률적으로 시행하는 법가나 병가 사상 같은 실용주의가 주류를 이루고 있었다. 인의仁義의 정치를 추구하던 공자학단으로서는 당연히 이를 용납할 수 없었다. 증자가 분연히 떨쳐 일어났다. 벼슬의 높낮이나 나이의 많고 적음은 조정과 마을에서나 따져라! 백성을 다스리는 원동력은 그런 것들과 무관한 덕이다! 백성들을 이리저리 조절하고 다루려는 압제적 통치 행위를 멈추고 그들과 더불어 고통을 견디며 스스로의 권위는 뒤로 물리는 아량을 가져라!

자칫 정치는 벼슬놀음이나 연륜 경쟁에 빠지기 쉽다. 그 안에 백성의 삶은 빠져 있다. 하늘 위에서 하는 정치가 종종 그런 함정에 빠지곤 한다. 시진핑은 불행했던 젊은 시절을 변방에서 보내며 현실에 기반한 땅의 철학을 철저히 체득했던 것 같다. 그래서인지 최고지도자인 그의 모습에선 언뜻언뜻 농부나 노동자의 투박한 기운이 드러난다. 그의 탁월한 친화력, 모두를 설득하는 온화하지만 안정된 지도력이 그런 땅 같은 덕에서 나오고 있는 것이다.

46

관리자가
되고자 할 때

패트릭 스웨이지 주연의 〈시티 오브 조이〉(1992)는 매우 독특한 영화다. 수술에서 어린 소녀를 구하지 못한 데 좌절한 미국 의사 맥스가 인도 콜카타를 찾으면서 시작되는 스토리는 서양인의 인도 치유 여행이라는 상투적 설정에서 크게 벗어나 있지 않다. 이 영화의 특별함은 맥스가 우연히 만나 친해진 가난한 인력거꾼 하사리에 의해 조성된다. 인도 시골 출신의 하사리는 가족들을 이끌고 콜카타로 무작정 상경했지만 사기로 전 재산을 잃고 먹고살기 위해 인력거꾼이 된다. 그의 꿈은 오직 하나, 딸의 결혼식을 성대히 치러주는 것이다.

이 영화는 딸의 결혼을 위해 헌신하는 인도의 한 가난한 인력거꾼의 분투기다. 아내와 두 아들을 둔 하사리는 당장 목전에 둔 딸의 결혼식에 쓸 돈을 벌기 위해 만난을 마다하지 않는다. 인력거 조직 두목의 아들로부터 딸을 지키려다 부상당한 하사리가 흐르는 피를 감추며 딸 결혼식에 참석하는 마지막 장면은 감동적이다. 하사리는 딸을 바라보며 이렇게 말한다.

"'너는 내 소유가 아니다. 신께서 잠시 내게 빌려주셨을 뿐이야.'"

하사리의 딸 사랑이 유독 감명깊었던 까닭은 그가 딸을 자신의 분신 정도로 여겨 예쁘게 키우기에만 급급한 우리네 딸바보들과 달랐기 때문이다. 소위 딸바보들은 귀중한 인형이라도 소유한 듯 자기 자식 꾸미기에 혈안이 된다. 겉모습은 하사리와 비슷해 보이지만 전제가 다르다! 하사리의 딸에 대한 사랑이 신에 대한 외경과 맞닿아 타인에 대한 겸손으로 연결된다면, 미욱한 딸바보들의 그것은 강한 독점욕과 편집증적 자기방어로 귀결된다. 딸바보들은 타인들로부터 딸을 격리해 뭔가 특별한 삶을 보장해줌으로써 자신의 특별한 위치를 새삼 확인받고 싶어한다. 근본적으로 지독한 이기심의 산물이다.

〔원문〕

明道先生曰(명도선생왈), "一命之士(일명지사), 苟存心於愛物(구존심어애물), 於人必有所濟(어인필유소제)."

「治政篇(치정편)」

〔번역문〕

명도선생이 말했다. "처음 벼슬에 임명된 선비가 진실로 물건 아끼는 데 마음을 둔다면 사람에 대해서도 반드시 구제하는 바가 있을 것이다."

명도선생이라 불린 북송의 성리학자 정호程顥. 다감한 인격과 넓은 포용력을 갖춰 많은 제자를 둔 인물이었다. 그가 관리로서 첫걸음을 떼는 자들에게 충고해준 내용은 뜻밖에도 애물愛物이다. 고상한 정신적 가치나 형이상학적 고담준론이 아니라 누구나 실천할 수 있는 애물. 그렇다면 물건 아끼고 절약만 잘하면 훌륭한 관리가 될 수 있다는 뜻인가? 얼핏 그런 말로 보이지만 바로 뒤에 심각한 말이 따라붙고 있다. 백성들을 구제한다는 뜻의 제인濟人! 결국 사람들을 구제하는 일과 연관되는 애물만이 진짜 애물이란 뜻이다.

훌륭한 관리가 물건을 아끼는 것은 물건을 절약해 훗날 펑펑 쓰기 위해서가 아니다. 물론 그런 실용적 목적도 배제할 순 없다. 하지만 이제 막 벼슬을 시작한 관리가 그런 장구한 계책 아래 물건을 쌓아둘 것 같진 않다. 그가 물건을 아낄 수밖에 없는 것은 그것이 자기 소유가 아니기 때문이다! 자기 것이 아닌 것에 함부로 손댈 수 없듯이 장차 선정을 베풀 관리는 부임지의 물건들을 아끼지 않을 수 없다. 모든 물건들은 백성들로부터 나왔고 하늘로부터 나왔으니 관리는 이를 임시로 지키는 문지기에 지나지 않는다.

인색한 수전노와 정직한 창고지기는 겉모습은 비슷해 보이나 안에 품은 마음은 천양지차다. 수전노에게 자기가 비축한 물건들은 오직 자기 소유이므로 오로지 자기를 위해서만 쓰여야 한다. 그는 물건들을 독점하며 그 향유를 자기 일신으로만 제한한다. 이런 식으로 물건을 대하는 자는 결코 어진 관리가 될 수 없다. 어진 관리는 물건들을 자기 소유로 보지 않으므로 항상 백성들과 나누려 하고, 나눠야 하기에 늘 아끼게 된다. 그는 남의 물건을 잠시 보관하다 때가 되면 공정하게 분배해주는 정직한 창고지기다.

다시 하사리의 삶으로 돌아가보자. 하사리는 딸을 자신의 소유라 믿지 않았다. 만약 자신의 소유라 믿었다면 빈곤이 참을 수 없을 정도로 목젖까지 차올랐을 때 딸을 팔았을지도 모른다. 내 소유이므로 내 맘대로 예뻐하고 치장도 시켜줄 수 있겠지만, 또한 내 소유이므로 내 맘대로 처분할 수도 있을 것 아닌가? 자식을 소유한다는 생각은 이처럼 무서운 결과를 빚을 수도 있다. 소유하지 않는 사랑이 참사랑이듯, 소유하지 않는 애물의 정신은 참다운 애민 정신의 출발점이다. 명도선생이 어찌 애물을 강조하지 않을 수 있었으랴?

47

홀로 남을지 판단해야 할 때

몽골 제국이 유라시아 대륙 대부분을 정복하는 과정에서 보여준 기동력과 응집력은 현대의 전술학적 관점에서도 여전히 경이로움을 불러일으킨다. 그들은 빠르지만 강력함을 잃지 않았고 자주 소규모로 분산됐지만 중앙으로부터의 명령계통을 잘 지켰다. 유기적으로 움직이던 분대들은 대규모 적을 만나면 즉시 합체하여 협력했다. 그러면서도 소규모 적을 섬멸하기 위한 병력 낭비는 최소화했는데, 심지어 수십 명에 불과한 몽골 부대가 현지 포로들을 동원해 대단위 공성전攻城戰을 치러내는 일도 있었다.

몽골 제국의 위대한 효율성은 유라시아 중심지역 대부분을 통일한 뒤에 더 두드러졌다. 제국의 통치자들은 쿠릴타이로 불리는 부족장 회의를 통해 몽골 연합체로서의 정체성은 유지하되 각자의 세력권을 중심으로 분화됨으로써 과도한 권력투쟁을 줄였다. 현재의 중국 중원을 차지한 쿠빌라이 칸이 울루스로 불린 몽골 제국 연합체의 전체 수장이긴 했지만 지금의 이슬람 지역의 일한국이나 러시아 지역의 킵차크한국에 간섭하는 일은 없었다. 칭기즈칸의 후예들은 같은 지역에서 힘을 다투는 대신 넓게 퍼져나가며 각자의 살길을 찾았던 것이다.

살다보면 작은 단위로 쪼개져야 할 때도 있고 대단위로 뭉쳐야 할 경우도 있다. 혼자 단독 행동을 감행해야 생존 가능성이 높아지는 수중 재난이 있는가하면, 반드시 여럿이 함께 움직여야 살아남을 수 있는 산악 재난도 있다. 뭉칠 것인가 흩어질 것인가에 대한 리더의 결정이 부대 전체의 운명을 좌우하는 경우가 전쟁터에선 비일비재하다. 우리네 삶 역시 살아남기 위한 싸움이라면 혼자 남아야 할 때와 남들과 협력해야 할 때를 아는 능력이야말로 필수 생존 수칙이 될 수 있다.

〔원문〕

小船不堪重載(소선불감중재), 深逕不宜獨行(심경불의독행).

「省心篇(성심편) 上(상)」

〔번역문〕

작은 배는 많은 짐을 싣지 못하고 으슥한 샛길은 혼자 걷기 마땅치 않다.

작은 구명보트에 너무 많은 사람들이 오르면 보트가 뒤집혀 모두 사망하게 될 것이다. 누군가는 양보해야 하고 양보의 기준은 선명해야 한다. 주로 민간인이 아닌 군인이, 승객이 아닌 선원이, 여성이 아닌 남성이, 어린이가 아닌 어른이 양보한다는 불문율이 있다. 이 불문율을 지키기 위해 구명선에 좌석이 남아도는데도 전원 열중쉬어 자세로 바다에 수장되기를 선택했던 영국 해군들도 있었다. 이런 비극을 막기 위해선 구명선 좌석 수 이내로 탑승인원을 제한하는 방법밖에 없다.

구명보트 사례는 너무 작은 파이에 너무 많은 사람들이 몰리는 상황이 몰고 올 재앙에 대해 심각한 교훈을 준다. 예컨대 한정된 이익에 지나치게 투자가 몰리면 이른바 버블이라는 거품 현상에 이어 막대한 투자 피해가 발생한다. 튤립 버블, 미시시피 버블 등이 다 그런 경우였다. 작은 배에는 많은 짐을 실을 수 없다! 자기가 오를 배의 크기와 승선 인원을 살펴보면 배의 침몰은 쉽게 예측 가능하다. 사람들이 몰리는 곳이 모두 유리한 장소는 아니며 오히려 사람들이 몰릴수록 성공 확률은 줄어든다.

그 반대의 경우도 있다. 1972년 안데스산맥에 불시착한 비행기의 생존자들은 끝까지 서로를 의지해 목숨을 연명했고 그중 일부가 산맥을 넘어 기적적으로 자신들의 조난 사실을 알렸다. 어려움을 함께 해줄 동료의 존재는 때로 초인적 힘을 불러일으킨다. 우루과이 럭비팀이었던 그들은 죽은 동료의 인육을 먹으며 살아남았다. 의학도였던 가넷사의 결단과 리더였던 파라도의 용기, 그리고 그들을 믿었던 나머지 열네 명의 생존자들은 극한의 상황에서 뭉친 인류가 얼마나 강해질 수 있는지를 보여줬다.

생텍쥐페리의 소설 『인간의 대지』는 안데스산맥에 불시착한 조종사 기요메가 사람들이 살고 있는 대지로 되돌아가기 위해 목숨 건 사투를 벌이는 얘기다. 실존인물인 기요메는 선술집의 떠들썩한 온기를 찾아 인간으로선 불가능한 도전을 멈추지 않았고 끝내 생환했다. 소설 속에서 기요메는 자신의 고독한 투쟁을 견디기 위해 기억 속의 친구와 가족 들을 계속 현실로 불러낸다. 그의 몸은 혼자였지만 그의 영혼은 혼자가 아니었기에 인간의 대지로 다시 착륙할 수 있었다. 으슥하고 위험한 산길을 혼자 걸을 순 없는 법이다!

우리는 때때로 기꺼이 혼자이기를 감수해야 하지만 또 때로는 동료들과 뭉쳐야만 한다. 혼자여야 할 때 사람들과 함께 있길 갈구하는 건 외로움 때문이다. 자신의 외로운 선택에 자신이 없기 때문이다. 그럴 땐 사람들을 보지 말고 자신이 타고 있는 배를 보라. 서로가 서로의 위로가 되는 군중심리에 속지 말고 오직 배의 크기만을 보라!

한편 사람들과 함께해야 할 때 혼자 남으려 하는 건 지나친 오만 때문이다. 자기 혼자 해낼 수 있다는 자만심이 만용을 부르고 이윽고 고립무원의 위기를 자초하게 된다. 인간이 신이 아닌 한 인간의 대지에서 떠날 수 없다. 혹여 그곳으로부터 떠나 얼마든지 홀로 살 수 있을 거라 여긴다면, 사막 한가운데 조난당해 어린 왕자라도 창조해내야 했던 고독한 조종사 생텍쥐페리를 기억하라. 으슥한 샛길은 혼자 남기에 적합한 곳이 결코 아니다.

48

일에 끌려다니며 살고 있을 때

아르헨티나 소설가 보르헤스의 「틀뢴, 우크바르, 오르비스 테르티우스」는 틀뢴이라는 가상의 지역에 존재했던 가상의 문명을 익살맞게 설명하는 작품이다. 틀뢴은 일종의 관념론적 문명을 이루고 있는데 그곳 사람들은 심지어 공간의 객관성도 인정하지 않는다. 그런 틀뢴에서도 유물론을 주장한 이교도가 출현한 적이 있었다. 이교도의 증명 방법은 다음과 같다. 사람 없는 외진 길에 X가 동전 아홉 개를 떨어뜨린다. 다음날 Y가 같은 길에서 동전 넷을 발견하고 Z가 또 셋을 발견한다. 그리고 나머지 두 개를 그 이유는 모르겠지만 X가 자신의 집 복도에서 발견한다. 잘 증명된 것일까?

틀뢴 사람들은 이 증명에 거세게 도전한다. 발견된 동전들이 X가 떨어뜨린 동전일 거란 보증이 없기 때문이다. 그렇다면 혹시 발견된 동전들이 X가 떨어뜨렸던 동전과 동일하다는 증거가 나온다면 유물론은 성립되는 걸까? 물론이다! 각자의 동전들이 X의 관념과 무관한 객관적 삶을 살았다면 동전들은 X와 무관하게 실재하는 것이고, 따라서 우주는 관념의 연결고리 없이 개별적으로 존재하는 사물들로 구성된 것임에 분명하다. 결국 틀뢴 사람들이 생각하는 유심주의적 세계는 붕괴될 것이다.

보르헤스는 관념에 의해 지배되는 기이한 별차원의 세계를 즐겨 묘사했다. 이를테면 사람들이 무언가 있다고 계속 염원하면 그것이 세계에 출현하거나 발견된다는 사고가 그렇다. 관념이 사건을 발생시킨다는 것이다! 얼핏 황당해 보이지만 이러한 틀뢴적 사유는 결코 황당하지만은 않다. 우리가 사는 세계는 그 모든 차원이 아직 밝혀지지 않았으며 우리가 객관적이라 믿는 현상들이 실은 우리의 생각이 만든 주관의 산물일 수도 있다. X의 집 복도에서 발견된 동전 두 개는 X가 원하는 순간 그곳에서 눈에 뜨였는지도 모른다. 우리는 우리가 원하는 것만을 본다. 다시 말하면 우리는 우리가 욕망하는 것만을 발견한다.

〔원문〕

生事事生(생사사생), 省事事省(생사사생).

「存心篇(존심편)」

〔번역문〕

일을 생기게 하면 일이 생길 것이요, 일을 덜게 하면 일이 덜어질 것이라.

이 인용문은 시적으로 운을 맞추는 데서 한 발 더 나아가 문장을 통째로 이용해 동음이의 놀이를 한 경우다. '省성' 자는 '덜어내다'라는 뜻으로 쓰일 때는 '생'으로 발음된다. 따라서 내용을 뺀 발음만으로는 네 글자로 된 구절을 두 번 반복한 효과를 낳는다. 그럼에도 마주한 두 구절은 정반대의 뜻을 품고 있다. 사람이 일을 만들기로 작정하면 일이 막 터지고, 일이 없기로 결의하면 일이 사라진다!

사람의 관념이 현실적인 사건을 불러일으킨다는 믿음은 상식적으론 과학적이지 못하다. 때문에 서양의 은비학隱秘學이나 신비주의 종파 사이에서만 주로 인기를 끌어왔다. 그런데 이를 무조건 미신이라 보는 입장은 과학적인가? 그렇지 않다. 현대 물리학의 관점에서 관찰자의 관념과 무관한 객관 세계의 존재는 불가능하다. 세계는 주관의 개입을 통해서만 지금 보이는 방식으로 존재할 수 있다. 물질과 영혼은 높은 수준의 차원에서 종합되므로 우리가 사는 세계를 우리 관념이 오랜 세월 설계한 결과라고 얼마든지 가정해볼 수 있다.

티베트의 불교 교파 가운데 닝마파는 매장경전을 숭배한다. 닝마파는 자신들이 간절히 원하는 종교적 해답을 풀어줄 경전을 땅에서 발견해왔다. 간절히 기도하면 경전이 어디선가 발굴되고야 만다. 일부는 위조된 문서들이라지만 무언가를 열망하는 종교적 신념이 빚어낸 기적처럼 보이는 경우도 있다. 보르헤스식으로 말하자면 길에 떨어뜨렸던 동전을 발견하리라 확신한 X의 믿음이 복도에서 발견된 동전들로 현현하는 것이다.

논리적으로 설명할 순 없지만 우리가 강렬히 염원하면 어떤 일이

기적처럼 벌어지는 경우가 종종 있다. 신념이 부린 마력이라고밖에 설명할 길 없는 일들이 종종 빚어진다. 우리가 사는 세계의 원리를 현재의 언어로 다 설명할 수 없어서일 뿐, 우리가 모르는 무언가 다른 길, 관념과 사물을 연결하는 다른 차원의 길이 존재할지 모른다. 설령 그런 이상한 길이 발견되지 않을지라도 현실을 대하는 우리의 집념과 열정이 사태를 얼마든지 바꿔놓을 수 있다는 사실엔 변함이 없다.

무슨 일인가가 벌어지기를 염원하게 되면 일이 꼬리에 꼬리를 물고 벌어진다. 어쩌면 일이 벌어지길 고대하던 사람 자신이 스스로 깨닫지 못한 채 자꾸 일을 벌이고 있는지도 모른다. 아무튼 그는 억지로 일을 만들기라도 해가면서 계속 일에 휘말린다. 반대의 경우도 마찬가지다. 일 없는 간결한 삶을 원하는 순간, 그 순간 갑자기 전화 걸려오는 횟수도 줄고 주변엔 정적이 감돌기 시작한다. 어쩌면 이전부터 주변은 고요했었는지도 모른다. 그 고요를 발견하지 못했던 건 고요를 열망하지 않아서였을 뿐인지도 모른다. 어쨌건 우리의 마음은 우리가 생각하는 것보다 훨씬 많은 능력을 갖추고 있으며, 우주는 우리가 아직 발견하지 못한 놀라운 사태들로 법석을 떨고 있을지도 모를 일이다.

49

현실을
직시해야 할 때

하늘엔 하늘의 길이 있고 사람에겐 사람의 길이 있다! 하늘을 경외하되 그로 인해 사람의 길을 잃어선 안 된다! 하늘과 사람 사이의 오랜 종교적 관계를 떼어놓으려는 듯한 이상의 주장은 순자荀子로부터 유래한다. 조선시대에 순자라고 하면 맹자에 비해 이단으로 여겨졌지만 실은 공자의 철저한 인간중심주의를 계승한 유가 학통의 적자였다.

순자가 괜스레 사람의 본성을 의심해 성악설을 주장한 건 아니었다. 인류를 자연 상태에 방치하면 짐승과 구별되지 않는다. 인류가 인류이기 위해선 문화가 필요하다. 그런데 문화는 저절로 이룩되는 것이 아니라 각고의 교육과 제도 장치를 통해서 완성되고 유지된다. 공자가 예악禮樂을 중시했지만 예와 악이라는 게 인간 본성만 믿고 방치하면 결코 성립될 수 없다. 때문에 순자는 하늘로부터 부여받은 인성이 절로 선해진다는 낙관론을 버리고 철저한 사회철학자가 되었다.

논리적 이성만으로 확인할 길 없는 초월적 사안들은 제쳐두고 현실의 문화와 제도를 철저히 신봉한 순자는 귀신을 멀리하고 인문정신을 숭상했던 공자의 적법한 계승자였다. 이 문제를 이해하지 못하면 순자를 오해하게 된다. 그는 인간 본성을 악으로 규정해 전제적 법치를 합리화하려 했던 후대의 일부 법가 사상가와는 달랐다. 순자가 원했던 건 하늘을 핑계로 해 만연해 있던 미신적 우주관과 그 우주관에 기댄 수동적 숙명론을 척결하는 것이었다. 그는 오직 현실에 즉해 사회를 개량하려 했던 인간 의지의 신봉자였다.

〔원문〕

荀子曰(순자왈), "無用之辯(무용지변), 不急之察(불급지찰), 棄而不治(기이불치)."

「正己篇(정기편)」

〔번역문〕

순자가 말했다. "쓸모없는 말과 급하지 않은 살핌은 버려두고 다스리지 않는다."

위의 문장을 제대로 이해하려면 이 문장이 나오는 『순자』의 원문을 살펴야 한다. 이 문장은 「천론편天論篇」에 등장하는데, 바로 앞부분에 '만물지괴萬物之怪, 서불설書不說'이라는 표현이 보인다. '만물 가운데 벌어지는 괴이한 일들은 기록은 하되 말하진 않는다'로 풀이된다. 앞에 등장하는 이 문장을 근거로 판단할 때 '쓸모없는 말이나 급하지 않은 쓰임'이 '만물 가운데 벌어지는 괴이한 일들'과 같은 뜻으로 쓰이고 있음을 알 수 있다.

만물 가운데 벌어지는 괴이한 일들에 대해선 공자도 언급한 바가 있다. 『논어』에 '자불어子不語, 괴력난신怪力亂神'이라는 구절이 보이는데 '공자께선 괴이함과 이상한 힘과 혼란스러운 일과 신이한 일에 대해선 말씀하지 않으셨다'로 풀이된다. '괴력난신'에 대한 해석에는 이설이 있지만 이것이 일상 현실에는 출현할 법하지 않은 초현실적 현상들을 가리킨다는 점에는 이견이 없다. 인간이 이해 가능하고 예측 가능한 범위를 벗어난 현상이 초현실적 현상이라 할 수 있다.

그럼 공자와 순자는 구체적으로 무엇을 초현실적 현상으로 지목했을까? 예컨대 귀신이나 혜성의 출현은 인류의 현실과 직접적 연관이 없다는 점에서 동일하게 괴이한 현상, 즉 초현실적 현상이다. 물론 현대적 관점에서 미신의 대상인 귀신과 달리 혜성은 과학의 대상이다. 전자는 미혹의 결과에 불과하지만 후자는 앎의 대상이기에 천문학자가 필요해진다. 하지만 순자 당시에 천문에 대한 어떤 앎은 인류의 일상 삶에 당장 필요한 지식이 아닌데다가, 특히 인간 앎의 한계 때문에 무분별한 상상력과 결합될 소지가 높았다. 심지어 현대인들에게도 수십 광년 단위로 움직이는 천문 세계는 현실과 동떨어져 있지 않은가! 이렇게 두 현상이 유래한 근본은 다르지만 인류 문화의 실존적 통합과 발전에 별 쓸모가 없다는 점에선 구별되지 않는다. 이것이 순자의 본심이었다.

귀신이나 신이한 천문 현상 등 인류의 사회문화적 삶과 구체적 관련성이 없는 모든 현상들은 말해봤자 별 쓸모가 없거나 자세히 살펴볼 만큼 급하지 않은 일들에 불과하다. 그렇다면 사람들은 왜 그런 문제에 대해 말하거나 살펴보려하는 것일까? 어째서 당장 눈앞에 벌어지는 급한 불길은 제쳐두고 현실과 동떨어진 초월 세계에서 문제 해결의 열쇠를 찾으려 드는 걸까? 바로 현실을 회피하기 위해서다! 현실에서 벌어진 사건을 현실적으로 해결하려면 많은 노고와 고통이 따르게 마련이다. 이와 달리 사건의 원인을 초현실적 운명이나 신이한 힘의 작용에 돌리고 나면 그 노고와 고통이 불필요해진다. 우리는 안이한 편안함 속에 계속 안주할 수 있게 된다.

순자는 현실에서 벌어진 문제를 해결할 길이 현실 외부에 따로 존재하지 않는다고 확신했다. 그가 보기에 눈앞에 놓인 현실이야말로 '말하고 살펴야 할' 유일한 대상이었으니, 그것은 바로 인간관계였다. 사회를 이루는 사람 사이의 관계를 겨누지 않는다면 어떤 일도 제대로 해결되지 않는다. 따라서 현실을 냉정히 직시하려면 우선 사회를 관찰해야 하고, 사회를 정확히 관찰하려면 그 안에서 작동하고 있는 인간관계에 관해 말해야 한다. 이 관계를 해명하는 것으로부터 문제 해결의 단초가 열린다.

순자는 위 인용문 바로 뒤에서 인류가 각별히 신경써서 다스려야 할 일들에 대해 언급하고 있다. 그는 이를 '매일 갈고닦아야 할 세 가지 일'이라 규정한다. 바로 군신지의君臣之義, 부자지친父子之親, 부부지별夫婦之別이 그것들이다. 임금과 신하 사이의 의리, 아버지와 자식 사이의 친함, 남편과 아내 사이의 구별, 이 세 가지는 인간이 지켜야 할 대표적인 도리들이자 인간관계를 구성하는 초석들이다. 이 평범하지만 핵심적인 관계들을 잘 살피고 바르게 규정하고 나면 인간이 해야 할 임무는 거기서 끝난다. 나머지는 불가지의 영역으로 넘기면 그뿐이다. 순자야말로 철저히 현실적인 문화주의자요, 인륜에 기반을 두어 현실을 재설계하려 한 공자의 후예였음을 알 수 있다.

50

역사의 의미를 알고자 할 때

서양 고대사가 실질적으로 기술되기 시작한 것은 기원전 5세기에 그리스 역사가 투키디데스의 『펠로폰네소스 전쟁사』가 출현하고부터였다. 그 이전에도 헤로도토스 같은 위대한 역사가가 없진 않았으나 역사를 온전히 인간들의 현실로 재구성한 업적은 투키디데스에게 돌려야 마땅하리라. 그의 사후 몇 세기 뒤에 동양에선 사마천司馬遷이란 인물이 태어났다. 아버지 사마담司馬談을 이어 중국 고대사를 총정리한 이 대가의 생애에 대해선 의외로 알려진 게 많지 않다. 분명한 건 투키디데스와 마찬가지로 그 역시 수많은 미신과 설화 들로 분식돼 있던 사료들을 비판적으로 검증해 인간들의 역사로 완벽하게 복원해냈다는 점이다.

『사기』 번역에 있어 불후의 정전으로 평가받는 에두아르 샤반의 『Les Mémoires historique』는 서문에 해당하는 분량만 한 권의 책에 달한다. 여기서 프랑스 출신의 세계적 동양학자 샤반은 사마천을 공자를 잇는 인문주의자로 규정했다. 『춘추』를 통해 인문 현실을 포폄褒貶함으로써 신들의 세계와 구별될 '인간의 길'을 제시했던 공자처럼, 사마천은 아버지 사마담의 유지를 받들어 황제마저도 따라야 할 인간의 길을 역사서를 통해 징험하려 했다는 것이다. 역사가 있는 한 세상엔 도가 존재하며 선과 악에 대한 판단도 존재한다! 신이 사라진 자리에 덩그러니 남은 인간들이 그럼에도 사람다운 삶을 믿어야 하는 이유는 오직 역사 때문이다.

사마천의 인문적 역사 정신을 딱 꼬집어 요약해줄 표현이 「보임소경서報任少卿書」라는 그의 편지글에 보인다. 샤반이 「태사공자서太史公自序」와 함께 가장 중시했던 문헌이다. 다음과 같다. '구천인지제究天人之際, 통고금지변通古今之變, 성일가지언成一家之言.' 풀이하자면 '하늘과 인간의 사이를 연구하며, 예와 지금의 변화에 통달하고, 일가의 학문을 이룩한다'가 될 것이다.

시간의 흐름에 따른 세상 변화를 통찰하는 역사가는 그 변화 속에서 하늘과 인간이 만나는 지점을 이끌어낸다. 여기서 '제際'란 사이나 틈이면서 두 면이 만나는 지점이기도 하다. 하늘과 인간, 신계와 지상계가 역사의 변화를 통해 서로 만난다. 따라서 신의 뜻을 알기 위해 따로 제사지내거나 점을 칠 필요가 없다! 하늘은 역사 변화라는 창구를 통해 인간계에 이미 개입해 있기 때문이다. 그리하여 시간의 변화 속에 하늘과 인간이 만나는 공제선을 드러내어 한 학파를 이룰 만한 말을 세상에 전하는 것이야말로 역사가의 본분이다.

〔원문〕

韓文公曰(한문공왈), "人不通古今(인불통고금), 馬牛而襟裾(마우이금거)."

「勤學篇(근학편)」

〔번역문〕

한유가 말했다. "사람이면서 옛날과 지금에 통하지 못한다면 말이나 소에 옷가지 걸쳐놓은 꼴이니라."

『명심보감』의 「성심편省心篇 상上」에 '欲知未來욕지미래, 先察已然선찰이연'이란 말이 나온다. 풀이하면 '미래를 알고자 한다면 먼저 과거를 돌아보라'는 뜻이다. 이는 미래에 일어날 일의 원인이 과거에 모두 들어 있다는 뜻이 아니다. 역사란 동일하진 않지만 늘 비슷하게 반복되기에 과거 역사의 흐름을 살피면 미래에 벌어질 일의 윤곽을 잡을 수 있다는 뜻이다. 결국 역사는 우리 삶의 현 위치를 알려주는 별자리이자 방향을 잡아주는 나침반이다. 때문에 청나라 학자 장학성章學誠은 세상 모든 학문은 역사에 지나지 않는다고 주장했다. 인류가 선한 목표를 추구해야 할 이유를 역사에서 찾아야 하니 역사는 윤리의 근원인 철학이요, 인간사 파란만장한 사건들을 문체로 꾸며내니 역사는 곧 문학인 것이다.

인용문의 한문공은 당나라 고문가로 유명했던 한유韓愈다. 당송팔대가의 대표자로서 유가의 도가 담긴 글을 쓰는 것을 중시했다. 특히 불교가 성행하던 당나라 풍토를 비판하며 부처 사리를 들여오지 말라 직간한 「논불골표論佛骨表」를 황제에게 바친 탓에 유배에 처해지기도 했다. 여기서 '불골'은 사리를 뜻한다. 말하자면 그는 사마천의 인문 정신을 계승한 철저한 유가였다! 내세의 행복을 빌지 말고 지금 이곳의 삶에 성실하라는 한유의 가르침은 인간이 일궈온 삶의 행적만이 인간다운 삶의 기준일 수 있다는 믿음을 품고 있다. 오직 희망은 인간이며 미래 또한 인간의 손에 달려 있다.

역사를 배워 예와 지금에 통하지 못한다면 선과 악의 명확한 기준도, 인간에 대한 신뢰도, 앞으로 올 후손들에 대한 책임감도 기대할 수 없다. 신이 세운 종교를 불신하던 한유로선 역사만이 인문 세계의 유일한 등불이었다. 따라서 사마천이 「보임소경서」에서 했던 말인 '통고금지변'을 '통고금'으로 바꿔 인용한 뒤에 역사를 모르는 자는 마소에 불과하다고 극언을 서슴지 않았다. 절대자에 대한 믿음이 중세시대처럼 우리 삶을 구속하지 못한다면 역사에 대한 앎은 인간이 인간일 수 있는 거의 유일한 근거다.

51

기술의 소중함을 일깨우고자 할 때

할리우드 블록버스터 재난 영화 속에서 세상을 구하기 위해 분투하는 주인공들은 대부분 비주류 과학자거나 사회 중하층 소속의 전문기술자들이다. 그런데 사농공상士農工商의 직업적 위계가 분명했던 과거에는 현재의 과학이나 기술에 해당할 실무지식이 오히려 천대받았었다. 이는 동서양을 막론하고 그러했다. 플라톤은 인간의 머리에 해당하는 현자 그룹을 리더로, 발에 해당하는 기술자들을 노역자로 단정했고, 맹자 역시 두뇌를 쓰는 정신적 지도자들과 그 지도자들을 먹여 살릴 의무를 진 육체노동자 사이의 신분 격차를 분명히 했다.

공업과 상업기술이 문명의 토대로 정착된 자본주의의 관점에서 보면 실용성이 결여된 현자들의 학문, 즉 인문지식이야말로 오히려 가소롭게 보일 것이다. 그런데 놀라운 사실은 새롭게 사회적 영향력을 획득한 과학이나 공학 그리고 경영학이 과거 인문학의 위상을 획득해가며 귀족화되고 있다는 점이다. 순수 아카데미의 품격을 갖추게 된 과학 및 공학 그리고 경영학 분야는 이제 인문학의 성격을 흡수하며 고급화되었다. 아니, 인문학과 창조적으로 결합해 융합학을 지향하고 있음을 주장한다. 기술은 어디로 갔는가?

현대의 순수과학은 모두 탈기술화되었다. 기술은 막노동화되어 사회 최하층이 맡는 업무로 전락했다. 공학도와 기업경영자 들 역시 추상적 이론의 세계나 테크노크라트 체제의 중심에서 말끔하게 산다. 그들의 손은 흙과 땀에 더럽혀지지 않는다. 한마디로 실리콘 밸리는 클래식 음악이나 철학서와 기묘하게 잘 어울린다. 이처럼 생활과 유기적으로 연관된 과학기술이 우리 일상의 실존으로부터 멀어져가면 과연 어떤 일이 벌어지게 될까? 육체노동과 기술적 직관이 자연과 창조적으로 결합하는 '땅의 현실'이 망각된다면, 이 오만한 세계는 언젠가 작은 파국에 모래성처럼 무너지게 될지도 모른다.

〔원문〕

太公曰(태공왈), "良田萬頃(양전만경), 不如薄藝隨身(불여박예수신)."

「省心篇(성심편) 下(하)」

〔번역문〕

강태공이 말했다. "좋은 밭 만 이랑이 얕은 재주 몸에 지니는 것만 못하니라."

강태공은 은나라 말기에 태어나 무왕武王을 도와 주나라를 건국한 혁명 영웅이었다. 그의 성공 과정은 순탄치 않았다. 비록 다양한 책략서에 통달한 지략가였지만 강태공은 자신을 알아봐주는 이를 만나지 못해 낚시나 하며 세월을 보내던 노인에 불과했다. 하지만 천하가 혼란에 휩싸이는 난세가 되자 그가 익힌 병법과 정치 책략은 비로소 빛을 봤고 마침내 무왕을 도와 세상을 바꾸는 위업을 성취했다.

애초부터 강태공은 조상신을 섬기거나 미래를 점치는 따위의 형이상학적 업무에는 관심이 없었다. 그는 은나라가 붕괴될 조짐을 미리 눈치채고 용병술을 비롯해 전쟁 수행에 필요한 실무지식을 익혔다. 언뜻 얕은 재주 같지만 땅을 파 참호를 구축하고 풀잎으로 위장하는 매복술 등은 전란 상황에선 생사를 결정하는 고귀한 재능이었다. 강태공은 그러한 실천적 쓰임이 있는 기술을 특히 좋아했다.

은나라를 무너뜨린 무왕은 주나라를 건국한 뒤 강태공에게 제齊나라 땅을 분봉해줬다. 이후 강태공의 후손들은 제나라를 다스리며 부국강병을 국시로 내세웠고 춘추시대 가장 강력한 국가를 이루게 된다. 이 강성한 강姜씨의 나라를 찬탈한 자가 전상田常이란 인물인데 그의 후손 가운데 한 명이 바로 맹상군孟嘗君이다. 전국시대 제나라의 정치가 맹상군은 무려 삼천 명의 식객을 거느렸다. 그는 사소한 재주라도 지녔다면 누구라도 집안에 들여 먹여 살렸고, 이 하찮은 식객들이 후일 그를 도와 천하를 경영하는 데 큰 공을 세웠다. 전국시대를 주름잡은 네 명의 공자, 소위 전국사군戰國四君 중 한 명이 바로 맹상군이다. 이처럼 제나라를 다스린 군주의 성씨는 바뀌었지만 그들은 한사코 현실에 즉한 실천적 기술을 중시했으니, 안영晏嬰이나 관중管仲 같은 실용학파 소속의 명재상들과 당대 최고의 아카데미였던 직하학파稷下學派를 주도한 대학자 순자荀子 등이 제나라 사람인 데에는 다 내력이 있었던 것이다.

얕은 재주로 보이는 기술이야말로 과학의 토대이자 인류의 일상 삶의 근원이다. 땅으로부터 먹을거리를 얻고 전기를 만들어 지상 곳곳에 보내는 실천적 기술들은 인류 생존에 본질적이다. 그럼에도 현란한 현대문명이 자신의 기술적 기초를 망각하고 초월적 위치에서 자연을 무한히 소비하려고만 든다면 할리우드 영화에나 등장할 법한 재앙이 미구에 빚어질지도 모른다. 그때는 농업과 공업 등 기초기술을 천대하고 소홀히 한 대가를 톡톡히 치르게 될 것이다. 유능한 학생들이 기술 학습을 자랑스러워하고, 또 기술을 통해 자연과 연관되는 법을 익힐 수 있는 시대를 만들어야 할 이유가 여기 있다.

52

불면증에
시달릴 때

불면은 어디에서 오는가? 꿈의 결핍으로부터 온다. 꿈이 부족하거나 아예 없는 사람은 꿈이 처리했어야 할 현실의 문젯거리를 각성 상태에서라도 해결해야 하기에 낮을 연장시킨다. 그래서 불면증자의 밤은 실은 낮이다! 왜 꿈이 결핍되거나 부족해질까? 현실과의 거리가 너무 가까워서다. 현실이 삶 속으로 너무 깊게 밀고 들어오면 해당 현실은 꿈으로 가공 불가능할 정도로 경직된 현실이 되어 사람을 놓아주지 않는다. 지나치게 강력한 현실감은 마약중독자의 정신 상태나 공황장애자의 심리 상태, 심지어 정신병자의 상태와 흡사하다. 사물들과 나 사이의 거리가 사라져 내가 사물이 되거나 사물이 나를 점령해버린다.

가령 엄청난 확대율의 렌즈를 눈에 착용하고 사는 사람을 상상해보라. 상대방의 땀구멍이나 날아가는 파리의 날개 무늬까지 보아야 하는 삶. 이런 과도한 집중력은 초밀도로 강화된 현실의 무게를 강요함으로써 일정한 거리를 두고 현실을 향유할 수 있는 마음의 여유를 앗아간다. 그 최종 결과가 꿈의 상실이다. 흔히 꿈을 잃어버렸다는 표현은 지나치게 현실에 밀착되어 현실 이외의 시야를 상실한 상태를 의미하는 것이다.

그런데 여기 불면을 자초하는 사람들도 있다. 바로 예술가들이다. 예술가들은 사물들의 세계를 엄청난 초해상도로 가깝게 목격하고 이를 소화시키기 위해 긴 시간 깨어 있어야 한다. 아니, 그들은 꿈을 꿀 때조차 현실 경험에 대한 분석 작업을 멈출 수 없다. 예술가들의 밤은 실은 낮이다! 그러므로 예술가의 불면증은 너무 많고도 강력한 현실이 초래한 과민증일 수밖에 없다.

이렇듯 현실에 일정한 거리를 두고 기억을 처리하는 밤의 작업이 꿈이라면, 현실에 지나치게 다가감으로써 꿈 작업이 가능할 정신적 여유마저 잃고 마침내 밤의 포로가 된 자가 예술가다. 그럼 예술가는 현실의 과잉으로부터 출현한 불면을 어떻게 처리하는가? 그들은 허구를 창조함으로써, 현실이면서 아주 현실은 아닌 가상의 세계를 창조함으로써 불면을 견뎌낸다. 시인이나 소설가들은 현실과 자아 사이에 허구의 공간을 만들고, 이를 통해 위험할 정도로 강력해진 현실을 여과시킴으로써 꿈의 결핍을 보충하고 끝내 잠을 청한다. 그들은 창작 작업의 보상으로 달게 잠든 뒤 낮으로 생환한다! 하지만 꿈과 현실의 중간계를 창조할 수 없는 우리, 평범한 우리들의 불면증은 어쩌란 말인가? 이 불면이 자발적 창조의 고통도 아닐진대 무작정 예술가들을 따라할 수도 없는 노릇 아닌가?

〔원문〕

景行錄曰(경행록왈), 食淡精神爽(식담정신상), 心淸夢寐安(심청몽매안).

「正己篇(정기편)」

〔번역문〕

『경행록』에서 말했다. "먹는 것이 담백하면 정신이 맑고, 마음이 깨끗하면 꿈자리가 편안하다."

보통 꿈자리가 사납다고 하면 악몽이나 가위눌림 현상을 떠올릴 것이다. 때문에 악몽이나 가위눌림을 벗어나려면 아예 꿈을 꾸지 않아야 한다고 착각하기 쉽다. 실은 그 정반대다. 악몽이나 가위눌림은 꿈으로 해결하지 못할 정도로 강력한 현실적 불안이 잠 속에 직접 침투했을 때 일어나는 자기방어 현상이다. 이 문제를 조금 살펴보자. 보통 꿈은 현실의 번뇌를 은유나 상징으로 변형시켜 해소시키는데 이런 변형 작업이 불가능할 정도로 심각한 불안과 공포의 기억이 잠에 끼어들면 수면자는 차라리 잠을 포기하고서라도 각성 상태로 되돌아오려 한다. 그래서 수면의 유지를 불가능하게 할 만큼 끔찍한 장면의 등장은 꿈을 급격히 단절시키려는 수면자의 방어 행위인 셈이다. 또 가위눌림이란 보통 완만하게 현실로 연착륙해야 할 각성 과정이 지나치게 빨리 이루어지며 생기는 후유증 같은 것이다. 두 현상 모두 제대로 꿈을 꿨다면, 현실을 순조롭게 변형시켰다면 일어나지 않았을 현상들이다.

꿈으로 변형시키지 못할 정도의 불안엔 어떤 게 있을까? 자아 깊이 감춰뒀던 죄의식, 분노, 혹은 떠올리기 싫은 치욕적 경험 등등일 것이다. 과거의 체험에서 비롯된 이런 잠재된 불안감들은 각성된 의식 상태에서 정면으로 돌파하지 못하는 한 죽을 때까지 이어진다. 그러나 그런 돌파가 어디 말처럼 쉬운가? 정면 돌파에는 수많은 시간과 인내가 뒤따른다. 때문에 꿈이 있는 것이다! 아무리 강력하고 모진 불안도 꿈으로 번역할 수만 있다면 우린 그것들을 꿈으로 꿔낼 수 있고 견딜 수 있고 마침내 피하고 싶었던 기억과 화해할 수 있다. 결국 해답은 꿈에 있다. 꿈이야말로 잠의 주인이다!

현실의 과중한 기억들을 꿈 작업이 가능할 정도로 순화시키려면, 다시 말해 과잉된 현실을 우리로부터 조금 저편으로 밀어내려면 무엇보다 일단 꿈꿔야 한다. 꿈을 꾸려면 잠들어야 하고 잠들려면 의식을 놔줘야 한다. 의식을 놔주기 위해선 현실로부터 벗어나 방심해야 하는데 불면증자에겐 이 방심이 매우 어렵다. 현실에 대한 집착 탓이다. 집착이야말로 너무 많은 현실을 꿈으로 끌어들이는 원흉이다. 따라서 현실에 대한 집착은 잠 자체를 힘들게도 하지만 어쩌다든 잠을 훼방하기도 한다.

자, 마침내 불면증을 일으키는 주범을 잡았다! 현실을 너무 현실적으로 받아들이는 현실 집착, 현실 이외에 다른 차원은 없을 거라 믿는 집요한 존재 이해, 그리고 무엇보다 그러한 견고한 현실만큼이나 자신의 자아도 견고한 실체라 여기는 아집. 이와 같은 존재 집착을 인용문에선 먹는 것으로 비유하고 있다. 담백하게 먹어라! 먹는 행위는 생명체의 완강한 존재 욕구를 대표한다. 먹어야 산다. 살기 위해선 먹어야 한다. 먹는 순간엔 우리 모두 철저히 현실에 충실하다. 먹고 배설하는 동안 어떻게 아집을 벗어날 수 있으랴? 하지만 조금 줄일 수는 있다. 조금 적고 간단하게 먹고 배설하면 우리는 생물학적 현실로부터 조금은 거리를 둘 수 있고 그만큼 현실에서 물러날 여유도 확보할 수 있다. 먹고 마시고 배설하는 한 현실은 우리 옆에 너무 깊이 침투해 들어온다.

담백하게 먹으면 정신이 상쾌해진다! 정신과 음식이 뭔 상관인가? 음식 섭취가 워낙 격렬한 동물적 현실감을 동반하기에 음식의 양을 줄이고 야만적 육식의 흔적을 멀리한다면 우린 우리의 육체성에서 조금 자유로워져 육체로 인해 환기될 강력한 현실 집착도 누그러뜨릴 수 있다. 그러니 적게 먹고 적게 배설하라! 그리하면 우리 정신은 온갖 번뇌로 휩싸인 물리적 현존에서 조금 풀려나와 상쾌해지는 경지로 다가갈 수 있다. 이것이 도가와 불가에서 강조하는 마음 수양의 기초가 된다.

정신이 상쾌해지면 정신이 현실에서 작동하는 주체인 마음이 맑아진다! 마음을 탁하게 하는 요인들은 모두 현실로부터 온다. 현실의 유입을 줄이면 마음이 간결하게 정리된다. 그렇게 되면 잠자리가 편해진다. 꿈자리가 사나울 일이 없어진다. 우리는 깊이 잠들어 현실에서 멀어지고 현실에서 벌어졌던 불안과 공포의 기억들을 꿈의 재료로 가지고 놀 수 있다. 그렇다! 꿈꿀 수 있는 한 우리 모두는 매일 밤 잠결에 시인이나 소설가가 되고 있는 것이다.

매일같이
명심보감

초판 1쇄 인쇄 2015년 4월 8일
초판 1쇄 발행 2015년 4월 18일

지은이 / 윤채근
펴낸이 / 강병선
편집인 / 김민정
디자인 / 최정윤
마케팅 / 정민호 나해진 이동엽 김철민
홍보 / 김희숙 김상만 한수진 이천희
제작 / 강신은 김동욱 임현식
제작처 / 영신사

펴낸곳 / (주)문학동네
임프린트 / 난다

출판등록 / 1993년 10월 22일 제406-2003-000045호
주소 / 413-120 경기도 파주시 회동길 210
전자우편 / blackinana@hanmail.net 트위터 @blackinana
문의전화 / 031-955-2656(편집) 031-955-8890(마케팅) 031-955-8855(팩스)
문학동네카페 / http://cafe.naver.com/mhdn

ISBN / 978-89-546-3400-7 03810

* 이 도서의 국립중앙도서관 출판시도서목록(CIP)은 e-CIP 홈페이지
  (http://www.nl.go.kr/cip.php)에서 이용하실 수 있습니다.
  (CIP제어번호: 2014035139)

www.munhak.com